En la cumbre de la felicidad

FERRAN CASES

En la cumbre
de la felicidad

Un camino para vivir con serenidad
y reconectar con tu propósito vital

Grijalbo

Papel certificado por el Forest Stewardship Council®

Primera edición: octubre de 2022

© 2022, Ferran Cases Galdeano
https://ferrancases.com/
Autor representado por Sandra Bruna Agencia Literaria, S. L.
© 2022, Penguin Random House Grupo Editorial, S. A. U.
Travessera de Gràcia, 47-49. 08021 Barcelona

Printed in Spain — Impreso en España

ISBN: 978-84-253-6103-6
Depósito legal: B-13.739-2022

Compuesto en Pleca Digital, S. L. U.

Impreso en Rotativas de Estella
Villatuerta (Navarra)

GR 6 1 0 3 6

A mis hijos, Jan, Ginger y Tàbata,
mis mejores maestros

Índice

Eso es el aprendizaje: entender de repente algo que siempre has entendido, pero de una manera nueva.

DORIS LESSING

Preludio

Dos años después

Aceleramos el paso. Oíamos el crujido de las hojas secas del otoño bajo nuestros pies mientras subíamos la colina a la carrera huyendo de las sirenas.

Los coches de la policía griega se acercaban a la playa a toda velocidad con las luces de emergencia encendidas, alarmados por el humo y el fuego que se desprendían de la barcaza.

Desde lo alto de la colina, Alice, Joel, Hui, Míriam y yo contemplamos la barcaza que se adentraba en el mar, envuelta en llamas: habíamos cumplido con la última voluntad de nuestro amigo.

Me senté para recuperar el aliento y aquietar el corazón. Cerré los ojos e hice un rápido examen de mi cuerpo. Ni rastro de ansiedad. Ni pinchazos, ni mareos ni el menor síntoma que me alertase de que algo iba mal.

Habían pasado dos años desde nuestro último encuentro en Grecia, y las cosas que había aprendido junto a mis compañeros habían sido como pequeñas píldoras que habían transformado mi vida.

1

Un encuentro inesperado

Todo había empezado dos años antes, el 30 de junio de 2009. Me acuerdo bien porque el día anterior había muerto Michael Jackson y en la oficina solo se hablaba de eso. Los periódicos decían que se había suicidado con una sobredosis de propofol, un anestésico, y lorazepam y midazolam, dos ansiolíticos, pero a mí no me cuadraba. Hacía un año que yo también tomaba medicación para tratar la ansiedad. La noticia me angustió.

Ese día salí de la oficina con un enfado importante. No se habían cumplido los objetivos del día y eso le podía salir muy caro a nuestra empresa. El marketing es una profesión trepidante, y una decisión equivocada por mi parte se había saldado con una buena bronca de mi jefa.

No diré que el marketing sea mi pasión, pero se me da bien. De joven estudié Bellas Artes y me enamoré de la fotografía. Siempre había soñado con ser un intrépido reportero del *National Geographic* que viajaba por el mundo fotografiando lugares misteriosos nunca vistos por el ser humano.

Esa pasión fue esfumándose poco a poco y, cuando

terminé la carrera, un amigo de mi padre me propuso que trabajara en marketing y pensé que era una buena oportunidad. Un sueldo más que bueno y la posibilidad de escalar hasta cumbres más altas, con todo lo que eso significa: coche de empresa, un apartamento frente al mar y comisiones indecentes.

A las seis de la tarde puse la llave de contacto en mi Audi TT Coupé y arranqué para volver a casa. Ese deportivo me hacía sentir bien. Me gustaba cómo me miraba la gente cuando lo conducía, me sentía importante y me recordaba los beneficios que me reportaba mi trabajo, por duro que fuera.

Pero justo ese día, en medio de la Gran Vía..., una humareda negra empezó a salir del capó y tuve que parar en doble fila. Los otros conductores tocaban el claxon con violencia y me insultaban por entorpecer la circulación.

Avisé al seguro de inmediato, puse los triángulos de avería delante y detrás del coche y me dispuse a esperar.

Llamé a mi mujer.

—No veas la mierda de día que llevo. No podré ir a recoger al niño al partido, dile a tu madre que vaya o ve tú. Cuando termine este infierno, iré para allá.

—¿Estás bien? ¿Te has hecho daño?

—Si no estuviera bien no te estaría llamando, ¿no crees? —dije levantando la voz.

Ante esa respuesta, ella colgó.

Decidí dedicar el tiempo de espera a refunfuñar y maldecirlo todo. Hasta que sentí un pinchazo en el pecho.

Era algo normal en mí. Los sentía a menudo, y después de un par de visitas a urgencias me habían diagnosticado ansiedad. «Normal —pensé cuando me lo dijeron—. Con un trabajo como el mío y dos niños pequeños en casa, ¡lo raro sería no tener ansiedad!».

Con un gesto mecánico, me llevé la mano al bolsillo del abrigo para coger un diazepam. Los tomaba como quien come caramelos. Me lo puse bajo la lengua y esperé a que hiciera efecto.

—¿Eres Miguel? ¿Miguel Santamaría?

Me giré para ver quién pronunciaba mi nombre con tanto entusiasmo. Era un hombre de aspecto juvenil que me miraba con los ojos luminosos y una sonrisa radiante.

—¿No me reconoces, Miguel? —insistió.

—Sí, claro —mentí con descaro.

—No hace falta que disimules, sé que mi aspecto ha cambiado mucho estos últimos años. Es normal que no me reconozcas. Soy Salva. Salvador Soto, de Audiovisuales. ¿Tan lejos te queda eso?

—¡Salva! —Mi cara de asombro le hizo sonreír aún más—. ¡Es verdad, no te había reconocido!

Se había hecho un nombre como fotógrafo en el sector. Habíamos coincidido en algún trabajo, él detrás de la cámara y yo, como responsable de la agencia de publicidad. Salvador trabajaba para las marcas más importantes del momento, andaba siempre rodeado de modelos guapas y coches descapotables, y viajaba por todo el mundo. Lo último que supe de él es que estaba en Nueva York para una campaña de Nike.

De eso hacía ya diez años.

—¿Qué es de tu vida? Pareces diez años más joven. Si no tienes prisa, podemos hablar mientras llegan los capullos del seguro.

Volví a mirarlo con cierta envidia. Salvador y yo éramos del mismo año y mes, acabábamos de cumplir los cuarenta. Sin embargo, él aparentaba menos de treinta.

Como si pudiera leerme el pensamiento, de repente dijo:

—He perdido diecisiete kilos y he introducido muchos otros cambios que no se ven a simple vista. Mi vida ha cambiado, Miguel, y mucho. Ahora puedo decir que soy feliz.

No pude evitar sentir cierta pena de mí mismo. Mi antiguo compañero de facultad era un espejo cruel de mi situación en ese punto de mi vida.

Salvador me dio un golpecito cariñoso en el hombro y añadió:

—Oye, estaré unos días en la ciudad. Ahora estás muy liado, pero ¿qué te parece si quedamos esta semana para tomar algo y nos ponemos al día?

—Claro, dame tu número y te llamo.

A los pocos minutos apareció el mecánico del seguro y se llevó una buena bronca de mi parte por la tardanza. Me dijo que había tráfico a esa hora y que hacía lo que podía. Lo mandé a la mierda y se llevó el coche con la grúa al taller.

Para acabarlo de arreglar, había huelga de taxis. Me tocaba volver a casa en metro. Siempre había odiado el metro: entrar en ese túnel que me llevaba bajo tierra me provocaba todos los males. Sentía que me faltaba el aire, y viajar con tanta gente como sardinas en lata no hacía más que acentuar los pinchazos.

Hice un esfuerzo y me dije: «Total, solo son cinco estaciones».

Tomé un chute de Rescue, la combinación de flores de Bach que me habían recetado contra la ansiedad y que sabían a brandy, con la esperanza de que me ayudaran a hacer frente a los quince minutos de metro que me separaban de mi estación.

Entre una cosa y otra llegué a casa pasadas las ocho, exhausto y con los nervios de punta.

Nada más abrir la puerta, oí de fondo la voz de Bob Esponja y las risas de mis hijos y mi mujer. Siempre había imaginado una vida familiar perfecta en la que los niños corrían hacia la puerta al oírme llegar y mi preciosa mujer me recibía con un beso.

Cuando entré en el comedor, los niños estaban embobados ante la tele y mi mujer, con una mascarilla de pepino en la cara, hojeaba una revista tumbada en el sofá.

—¿Estás bien? —me preguntó, aún resentida.

—Menuda mierda de día.

Los últimos coletazos de la jornada siguieron el guion previsto. Se hizo de noche y los niños se fueron a dormir después de numerosas protestas. Discutí con Maite, como todas las noches. Luego vimos en silencio un capítulo de una serie insulsa.

Ayudado por los dos chupitos de MacCallan que me había bebido, me dormí.

—De ese modo, podremos multiplicar la venta de las galletas Flopi: iremos directos a los niños a través del juguete de regalo y a los padres les venderemos lo saludables que son para el crecimiento de sus hijos. «Galletas Flopi, diversión y salud a raudales».

Los inversores, que habían puesto mucho dinero en ese nuevo producto, aplaudían mi presentación como si fuera lo más sublime que habían oído en su vida.

«Menuda mierda de trabajo —pensé—. Lo único que les interesa es vender la moto, aunque las galletas sean una porquería».

Al pensar eso, sentí un pequeño pinchazo en el pecho. Estuvo un rato de visita, pero por suerte desapareció.

Aquellos aguijonazos se multiplicaban en cada reunión de equipo y en cada sesión comercial, y eso me llevaba a dudar de que mi diagnóstico fuera acertado. ¿Cómo estar seguro de que era ansiedad y no un amago de ataque al corazón?

Me fui directo a mi despacho y le pedí a mi secretaria que no me pasara visitas hasta nuevo aviso.

Mi espacioso despacho estaba en la planta veinte del rascacielos de la compañía. Gracias al ventanal, era como estar entre las nubes. Desde mi mesa veía el mar de Barcelona difuminándose en el horizonte.

Me recliné en mi butaca ergonómica a ver si se me pasaba el malestar. Paseé la mirada por las estanterías llenas de libros de diseño y publicidad e intenté aliviar el dolor de mi pecho: *La publicidad me gusta*, de José Carlos León, *El libro rojo de la publicidad*, de Luis Bassat.

De pronto, me acordé de mi amigo.

Tenía varias llamadas perdidas suyas y aún no las había contestado. Reconozco que me daba cierta rabia. Cuando conocí a Salva era un chico más bien obeso, con una vida llena de excesos y novia nueva cada dos días. Subió como la espuma en el mundo de la fotografía de moda, el cenit de su éxito increíble en la publicidad fue la campaña de los yogures La pastora verde, su retrato de la modelo Cristina Vela pasó a formar parte de la historia de la fotografía.

Al reencontrarme con él después de una década, parecía otro. Había hecho dieta, eso estaba claro, pero no podía ser solo eso. Su cara irradiaba una luz distinta, tenía una expresión de paz, como si estuviera permanentemente descansado.

¿Qué le había pasado?

El día que dejó su empresa con sede en Nueva York todo el mundo se enteró. La noticia corrió como la pólvora, la mayoría de la gente del sector opinaba que se había vuelto loco, los había que incluso decían que se había metido en una secta.

Fue curioso que al pensar en Salvador los pinchazos en

el pecho remitieron. Siguiendo un impulso, cogí mi iPhone de última generación y lo llamé.

—Hola, amigo, soy Miguel. Perdona que no te haya llamado antes. He estado muy liado con la última campaña, ya sabes cómo funciona esto.

—No te preocupes, me alegro mucho de hablar contigo —dijo, y parecía sincero.

—Me preguntaba si te apetecería salir a cenar juntos un día de estos y ponernos al día.

—Ahora mismo estoy en Grecia, pero ¡dalo por hecho! Esta noche regreso a Barcelona. ¿Tomamos un té mañana por la tarde? Hay una tetería mágica en la calle Milton 1.

—No sé dónde está esa calle, pero la buscaré.

—Es Milton, el autor de *Paraíso perdido.*

¿Desde cuándo era Salva experto en literatura? Mi rabia inicial se había convertido en curiosidad por aquella transformación interior y exterior.

Consulté la dirección en Google Maps y vi que era una callecita del barrio de Gràcia, entre una plaza y el mercado. En el buscador constaba como tetería china.

«No puede ser —pensé—, tiene que haber un bar de tapas o una cervecería cerca». ¿O es que Salva se había vuelto loco del todo?

Aquella noche di muchas vueltas en la cama, como un niño la vigilia de Reyes. A mi cabeza acudían toda clase de preguntas.

¿Qué debía de pensar Salva de mí? En comparación con él, yo estaba hecho una ruina. Por otra parte, todo el mundo en el sector sabía que llevaba diez años estancado. ¿Había aceptado la cita por compasión?

Y así me pasé dos o tres horas. Ni el whisky con hielo de antes de acostarme me ayudó esa noche a conciliar el sueño.

Miré a Maite, dormida a mi lado; entre el trabajo y los niños, acababa el día reventada. Nuestra relación ya no se parecía en nada a cuando empezamos, pero nos soportábamos; teníamos que hacer de tripas corazón, por nosotros y por los niños.

Llevábamos juntos desde muy jóvenes. Ella era la única mujer con la que había estado. Fue un amor de verano, como el de Dani y Sandy en *Grease*. Desde aquel verano en la Costa Brava, con el calor de media tarde, la luz anaranjada reflejada en el mar y el olor a protector solar, habían pasado diecisiete años y dos hijos. Ni siquiera había tenido tiempo de pararme a pensar en cómo había llegado hasta allí. Supongo que la inercia te empuja y te dejas llevar.

«No estamos bien», pensé en ese momento, y me dormí.

Llegué diez minutos tarde. Nunca había tenido puntualidad suiza. No había esperado que aquella tetería, en el número 1 de la calle Milton, fuera tan pequeña. Una cristalera dejaba ver estantes con teteras y cuencos de cerámica que parecían centenarios.

Abrí la puerta con cautela, como si no estuviera muy seguro de querer entrar. El sonido de unas campanas me dio la bienvenida, dotando de un halo mágico aquel momento.

Interior de Té contaba con cinco mesas con motivos chinos tallados a mano. Una especie de biombo con filigrana de madera dividía el local en dos. Los clientes compartían las mesas y charlaban animadamente.

Al fondo del local reconocí a Salvador, que estaba leyendo un grueso tomo del *I Ching* en su versión de Richard Wilhelm. Frente a él en la mesa humeaba una taza con flores grabadas.

—Buenos días.

Aquella voz gruesa que surgía de detrás del mostrador me sacó de mis cavilaciones.

«No es chino», pensé. Era un hombre de mediana edad con gafas de pasta que desprendía una tranquilidad fuera de lo común.

—Buenas —contesté al tiempo que le indicaba con un gesto que me dirigía al fondo del local.

Con un suave movimiento de mano me invitó a pasar.

Carraspeé para llamar la atención de Salvador y le espeté:

—¿Qué coño lees?

—¡Miguel! Bienvenido, ¡qué alegría verte!

Me senté delante de mi amigo. Era una mesa grande para lo pequeña que era la tetería y tenía unos curiosos agujeros repartidos por toda la superficie.

Como poseído por una idea repentina, Salvador bajó la vista a aquel tocho y leyó:

—«No se debe pretender escapar a hurtadillas, irreflexivamente, de las dificultades en que uno se ve envuelto. El destino no se deja engañar». ¿Qué te dice este hexagrama? —Y, antes de que pudiera responderle, añadió—: Tengo ganas de que me cuentes tu vida. Pero antes vamos a pedir, ¿te parece? Tienes que probar los tés que sirven aquí: curan el cuerpo y el alma.

—¿Te has vuelto yogui, Hare Krishna o algo raro? —le pregunté.

El dueño se acercó y me entregó la gruesa carta de especialidades.

—La verdad es que no soy mucho de infusiones —protesté. No recordaba haber tomado una infusión desde pequeño, cuando mi abuela me daba manzanilla con anís si me dolía la barriga—. ¿Tú que estás tomando?

—Un sencha, el té verde japonés básico. Me recuerda a la primavera, cuando todo florece y respiras en medio de un prado recién segado. Además, tiene un alto contenido en antioxidantes, ¿sabes?

—¿Y para qué sirven los antioxidantes? ¿Es que soy de acero?

—Alargan la vida y previenen enfermedades como el cáncer. ¿Sabías que en Japón hay muchos menos casos que aquí? Podría estar relacionado con el hecho de que beben té a diario.

Entonces Salvador soltó una carcajada y se llenó la tacita.

—Perdona, Miguel, es la fe del converso; voy dando el sermón a todo el que se pone a tiro.

Salvador hablaba con pasión. Parecía entusiasmado por compartir conmigo aquella nueva afición, que entendería meses después, en los últimos pasos de mi viaje. Pero ya llegaremos a ese punto. De momento, deja que te siga contando aquel encuentro en la tetería un martes caluroso de julio.

El propietario se acercó y me colocó un tapete de bambú delante, en la mesa.

—Gracias, Armando —dijo mi amigo—. Si me permites, te invito a tomar lo mismo que yo.

—Claro, me encantará acompañarte —respondí, nada seguro de que ese brebaje verde fuera a gustarme.

—Tomaremos otro sencha, con el agua más bien tibia, gracias —indicó como un experto antes de dirigirse a mí—: Verás que, además de la materia prima, la calidad y temperatura del agua lo son todo en una buena infusión.

Se hizo un silencio incómodo que a mí me pareció una eternidad. Salva me miraba fijamente y sonreía mientras daba pequeños sorbos a la taza de té humeante. De repente soltó:

—¿Cuánto hace que sufres ansiedad?

Imagino que mi cara debió de convertirse en un poema, porque sentí que se me subían los colores. El local se me hizo más pequeño aún de lo que era, casi como en esa famosa escena de *Star Wars*, cuando las paredes están a punto de aplastar a Luke Skywalker y sus amigos.

—Pero ¿cómo sabes...?

Salvador me interrumpió antes de que pudiera terminar la frase.

—Te has tocado el pecho unas diez veces desde que has llegado, como queriendo bajar tu energía hacia la tierra. Y el otro día estabas disparado y noté que te costaba respirar. Yo también he pasado por eso, Miguel.

Tenía toda la razón. Aquel tic nervioso de acariciarme el pecho era inconsciente. Salvador era la primera persona que me lo hacía ver.

Justo entonces regresó el camarero. Cuidando la puesta en escena, sacó una pequeña tetera, un cuenco y un termo.

—¿Te gusta de sabor intenso? —preguntó el tal Armando.

—Pues no tengo ni idea, el último té que tomé era de bolsita.

—Entonces lo haremos ligero y en cada infusión vas regulándolo a tu gusto.

Acto seguido, llenó la tetera de agua y vació el líquido por esos curiosos agujeros que había en la mesa. Agitó la tetera con suaves movimientos circulares.

—Huele —me dijo; acercó la tetera a mi nariz y abrió la tapa.

Tomé aire y me embargó una fragancia a hierba fresca. Eso me transportó a mi infancia en la Costa Brava, cuando mi abuelo cortaba el césped al anochecer.

—Huele muy bien, gracias.

Volvió a llenar la tetera de agua, esta vez hasta arriba. Contó cuatro segundos y vació el contenido en el cuenco.

Como si aquel ritual hubiera desbloqueado algo dentro de mí, decidí soltarme:

—No sé cuánto tiempo hace que estoy así y, la verdad, eres la primera persona con la que hablo de esto. No sé qué me pasa. En urgencias me dicen que es ansiedad, pero yo tengo miedo de que sea algo más. ¿Crees que me voy a morir?

—Algún día sí, Miguel... —respondió con una sonrisa antes de acercarse la taza a los labios—. *Ganpé!* Salud, por todo lo que está por venir.

El té me pareció amargo de entrada, pero, a medida que iba bebiendo, reconocí un sutil universo de matices reconfortantes.

—¿Qué crees que te provoca la ansiedad, Miguel?

—No lo sé. Imagino que lo que a todo el mundo.

—Si fuera así, todos tendríamos ansiedad, ¿no? ¿Conoces a alguien más que esté como tú en tu círculo más próximo?

—Bueno…, no, pero tampoco voy preguntando cómo se encuentran.

—Mal hecho —respondió Salvador—. ¿Y por qué no? ¿No te interesa?

—Ellos tampoco me preguntan a mí. Ya sabes cómo es este mundo.

Salvador se recostó en la silla e hizo girar la taza con los dedos.

—Te diré algo que me cambió la vida, pero antes, si me lo permites, te contaré mi historia. Sé que me ves cambiado, pero yo diría que simplemente me he encontrado.

—Adelante, por favor —lo animé antes de tomar otro sorbo de té.

Al notar la infusión en el paladar, la calidez del sencha me devolvió al hogar, como si hubiera regresado tras un largo y penoso periplo. Mi cuerpo se estaba rindiendo.

—¿Recuerdas la campaña que hice para las zapatillas deportivas Nike?

—Sí, claro. Aquellos anuncios salían hasta en la sopa.

—Pues mi historia comienza justo allí, hace diez años. Creo que fue la campaña más cara que he hecho jamás. Trabajar con todas esas estrellas de Hollywood fue una locura. Lo que nadie sabía era que me dormía cada noche con una pastilla y por la mañana me despertaba a partir del tercer café. Durante el día me ardía el pecho, y tenía el brazo izquierdo siempre dormido, como si me clavaran pequeñas agujas en él. Estaba asustado y empecé a mitigar los síntomas con alcohol. Eso se llama matar al mensajero.

—Lo ocultabas muy bien —apunté, sorprendido por aquella historia—. Recuerdo que te vi en una foto recogiendo un premio en Nueva York.

—Tendrían que haberme dado el Premio al Ansioso del Año.

—¿Y cómo conseguiste superar todo eso?

—No por reflexión, desde luego. A la fuerza, ahorcan. Una semana después del tinglado en Manhattan, entré en

el hospital con un ataque de pánico que me había paraliza-
do. ¡No podía andar, Miguel!

Inspiré hondo. Los males de mi amigo eran un espejo
de lo que yo era. Solo esperaba no llegar a ese extremo.

—El médico me diagnosticó parestesia por ansiedad.

—¿Qué es eso?

—Se te paralizan las extremidades. Pasé los siguientes
nueve meses en casa. No podía trabajar. Casi no salía de la
cama —reconoció Salvador con un suspiro—. Acudí al
neurólogo, pero todo seguía bien en la azotea. Después
pasé por manos de psiquiatras y psicólogos. Me ayuda-
ron mucho a saber qué me ocurría, pero no lograba desha-
cerme de mis parálisis y pinchazos. Finalmente, acabé en el
mundo casi infinito de «las alternativas». En internet encontraba de todo. Probé mil cosas: plantas curativas, agujas mágicas, pastillas naturales y no tan naturales, plantas
con sabor a brandy...

—Esas las tomo yo —le interrumpí, aliviado; por primera vez en años me sentía comprendido.

—¿Y qué tal te van?

—No me hacen nada, la verdad. Creo que es un pla-
cebo.

—A la misma conclusión llegué yo —dijo Salvador ca-
beceando—. Por eso me pregunté: «¿Hay algo que yo pueda hacer? Algo que no me haga depender de una pastilla o
un profesional». Y allí empecé mi búsqueda. Llamé a mi
madre, que hacía ya un tiempo que me hablaba de yoga,
taichí y esas cosas que entonces me parecían magia negra o

la puerta de entrada a una secta. Me recomendó un centro de taichí de la calle Enric Granados y acudí sin demasiada fe. Allí aprendí muchísimo. Fue el inicio de un camino que me llevaría a olvidarme de la ansiedad y a ser por fin feliz.

—Entonces ¿me estás diciendo que me apunte a taichí? —dije un poco decepcionado.

—¡En absoluto! Lo que digo es que eches el freno para pensar o, mejor aún, para sentir qué quieres hacer en adelante con tu vida. Cuando tengas una respuesta, ya buscarás tu puerta de entrada. Para superar la ansiedad, hay que entender qué es y cómo se puede combatir.

Di un generoso sorbo al té, que me ayudó a digerir las palabras solemnes que acababa de soltar Salvador. Me sentía incómodo y vulnerable, notaba como si una bola grande y dura en mi pecho pugnara por salir.

—¿Sabes qué? —dijo mi amigo al fin—. Creo que, si me lo permites, te puedo ayudar un poco.

Dicho esto, sacó de una bolsa de papel un cuaderno de piel negra con un lema grabado en la tapa: CAMINO AL CAMBIO.

—Toma, es para ti. Un regalo de emergencia. Esta libreta acompañará tu aventura. Pero solo podrás emprenderla si te atreves a salir de la ansiedad de manera definitiva.

La acepté sin rechistar. Al hojearla por encima, me di cuenta de que era una libreta en blanco, no escondía ningún misterio.

—Es para que escribas tú, Miguel. He estado preparando esta aventura desde hace tiempo. Y tú estás invitado a venir conmigo.

No sabía de qué me estaba hablando, pero seguí escuchándolo:

—Mi camino para salir de la ansiedad ha sido muy largo, pero con los años me he dado cuenta de que todo depende de las ganas y la implicación que le pongas. Este cuaderno es solo para que veas tu evolución. El regalo es otro...

Salvador deslizó por la mesa un sobre de color blanco con mi nombre. Por alguna misteriosa razón, no me atreví a abrirlo.

—Desde que nos encontramos en la calle, he recordado aquellos días de universidad, cuando queríamos vivir grandes aventuras como fotógrafos, viajar por el mundo, retratar paisajes ignotos y aves misteriosas, acercarnos a tribus amazónicas desconocidas. Lo recuerdas, ¿no?

—Claro que sí.

Emocionado, sentí una pequeña liberación, como si se hubiera abierto una brecha en una gruesa pared de hormigón y por ella se colara un rayo de luz blanca.

—Este regalo tiene que ver con aquellos sueños —continuó Salvador—, los que en su momento no pudiste o no quisiste cumplir.

Esas palabras resonaron con fuerza en mi interior. Me hubiera encantado ser como Steve McCurry y, en medio de la guerra, disparar esa instantánea a la niña afgana de ojos verdes, pero no fui yo. Me faltaba carácter para eso, como para tantas otras cosas.

—La vida nos lleva por otros caminos —admití a la defensiva—. Pero son sueños de juventud, las aventuras de piratas y princesas que todos queríamos vivir de niños. Mi hijo pequeño quiere ser Iron Man, pero dudo que lo consiga.

—¿Quiere ser un playboy multimillonario y filántropo con una armadura tecnológica capaz de salvar al mundo de cualquier amenaza? ¿Por qué no crees que lo pueda conseguir?

Lo miré fijamente. Dicho así, no sonaba tan disparatado.

—Creo que te has olvidado de soñar, Miguel, de visualizar aquello que quieres, aquello que te hace feliz. Es por culpa del miedo. El miedo es lo que nos impide soñar, vivir con plenitud. Es nuestro peor enemigo. Por eso te he traído este regalo. Eso sí, si decides emprender esta aventura conmigo necesitarás invertir una semana. Y luego te tocará trabajar unos días más en casa. Si escoges vivirlo, entenderás por qué.

Salvador llenó la tetera de agua caliente, abrió la tapa y aspiró el aroma que desprendía el té recién infusionado. Luego la cerró con cuidado y llenó la taza con la bebida verde esmeralda.

Miré con atención el sobre antes de rasgarlo, como si estuviera a punto de abrir la caja de Pandora. Y así fue.

2

El único viaje imposible es el que no empiezas

Querido Miguel:

Te escribo esta carta mientras contemplo la acrópolis de Atenas, uno de mis lugares preferidos del mundo. Son las 5.30 de la mañana. A esta hora puedo disfrutar a solas de lo que me transmite este lugar mágico.

Espero poder darte esta carta en persona, y que la estés leyendo delante de mí en ese momento.

Levanté la vista del papel y sonreí a Salvador.

Te propongo un trabajo de fotógrafo para un proyecto muy especial.

He organizado una pequeña expedición y me gustaría que hicieses tú el reportaje. Solo necesitarás invertir ocho días de tu vida, incluyendo el viaje de ida y vuelta.

Tienes los billetes en este sobre. Si decides aceptar, tu vuelo a Atenas saldrá el 1 de agosto.

Tu misión será hacer fotografías sobre distintos aspectos del monte Olimpo. En esta aventura te acompañarán cuatro amigos míos que van a realizar el reportaje desde distintos puntos de vista, además de yo mismo, que dirigiré la expedición.

Espero de verdad que aceptes y que tengas tiempo de organizar todo para la salida. No hace falta que me respondas. Si decides ir, te veré allí. Y si no estás en el aeropuerto, entenderé que no era tu momento.

Cuando llegues a Grecia te contaré todo lo que necesitas saber. Tienes un cheque en este mismo sobre con tu presupuesto y los extras para el trabajo.

Te mando un fuerte abrazo.

SALVA

—Pero... —dije dubitativo—. ¿Estás seguro de que soy el hombre adecuado para ese reportaje? Hace años que no cojo una cámara. Además, ¿qué hago con el trabajo en la agencia? Y a Maite y los niños, ¿qué les digo? ¿Desaparezco una semana sin más? No creo que me sea posible, la verdad.

—Tienes un mes para prepararlo todo. No te estoy hablando de una expedición de tres meses a Siberia. Será solo una semanita en Grecia, no me digas que no puedes organizarte.

Un silencio súbito se instaló en Interior de Té. Todas las conversaciones cesaron de repente, como si esperasen mi respuesta. Sentía la cabeza a punto de estallar. Salvador volvió a llenar la tetera con parsimonia.

Respiré hondo al tiempo que vertía despacio el agua infusionada en mi cuenco. Tomé un sorbo y miré a Salvador muy serio. Luego los dos nos reímos.

Habían pasado tres semanas desde aquel sorprendente encuentro en la tetería. Debo reconocer que, para mí, los días siguientes fueron iguales: estrés en la oficina y broncas con mi mujer mientras los niños gritaban descontrolados. Mi rutina diaria.

Después de una reunión eterna con marketing, me sentí más ansioso que nunca. Mi respiración era entrecortada y superficial. Tenía la sensación de que se me pararía el corazón en cualquier momento.

Al abrir el maletín para coger un diazepam, di con la libreta que me había regalado Salvador. Nada más tenerla en las manos, me sentí mejor. Recordé el sabor fresco del té, la paz que se respiraba en el local, nuestra agradable conversación. Entonces me dije: «¿Y por qué no?».

Siguiendo un repentino impulso, cogí el maletín y salí corriendo de la oficina.

—Me cojo el resto del día libre —le dije a mi secretaria—. Tengo asuntos personales que atender. No me pases llamadas.

Y desaparecí por las escaleras como si se me escapara el último tren.

No eran ni las tres de la tarde, así que la ciudad se veía mucho más vacía de lo acostumbrado. No era una hora en la que yo me moviera por ella. Me dirigí a Gràcia, el barrio *hipster* donde se encontraba la tetería. Conducía mi Audi, ya reparado después de ese fatídico día.

«Corre mejor que nunca», pensé. Y en ese momento me percaté de la prisa absurda que llevaba con el coche, como si alguien me esperara.

«Es increíble —me dije—. Siempre conduzco igual, refunfuñando y maldiciendo a los demás, siempre acelerado, como si estuviera en una carrera».

Reduje la velocidad e hice una respiración profunda. «¿Por qué no?», me repetí.

Aparqué en el primer hueco que encontré, aunque estaba a veinte minutos a pie de la tetería.

Había decidido ir andando.

Paseé tranquilo, sin prisas. Me sentía mejor, aunque la presión en el pecho seguía allí, inmóvil. Deambulé un poco por las callejuelas y plazas del barrio, fijándome en lo que me rodeaba y a lo que pocas veces le prestaba atención: la gente que tomaba café en las terrazas, los viejos sentados en los bancos que miraban a la gente que pasaba, un chico tocando la guitarra y pidiendo.

«¿Cuánto debe ganar? —pensé—. Seguro que mucho menos que yo, pero dispone de todo el tiempo del mundo».

Le había dado muchas vueltas a la propuesta de mi amigo, pero no acababa de decidirme. En ese instante sentí que tenía más ganas que nunca de aceptar.

Sumido en estos y otros pensamientos, llegué a mi destino. Miré a través del cristal que separaba la calle del local y entré sin dudar.

La tetería estaba casi desierta a esa hora. Tan solo una de

sus cuatro mesas estaba ocupada por una pareja de jóvenes que comían fideos ruidosamente.

No pude evitar reírme por dentro. Olía muy bien, como a sopa casera mezclada con el olor a incienso del local.

—Buenos días —me dijo una voz detrás del mostrador—. ¿Vienes a por más sencha?

—¿Cómo es que te acuerdas de mí? Solo he venido una vez.

—Siempre recuerdo la cara de aquellos a los que un buen té les puede cambiar la vida. Pero siéntate. ¿Te preparo otro igual?

—Sí, muchas gracias. ¿Podría tomar también un cuenco de fideos como esos chicos? ¿Los hacéis vosotros?

—Sí, caseros.

Primero llegó el té, y volví a tener esa sensación tan agradable al dar el primer sorbo. Después vino la sopa, una buena ración. Un cuenco de caldo con verduras, algo de carne y fideos. Olía de maravilla.

Los engullí en pocos minutos y me reconfortaron el cuerpo.

Desde que habían empezado los episodios de ansiedad, la digestión era otro de mis puntos débiles. Muchas cosas que antes comía me sentaban mal. Se me hinchaba el estómago después de las comidas y, según qué ingería, me daban ganas de vomitar. Me había hecho pruebas para ver si tenía algún tipo de intolerancia, a la lactosa o al gluten, pero nada, todo bien, como siempre.

—Este caldo lo hace la familia de mi mujer en China

desde hace generaciones, reconforta el cuerpo y el alma —dijo Armando—. Salva ha dejado esto para ti. Ha pasado tiempo...

Me tendió un sobre de papel reciclado.

Tras darle las gracias, me detuve a degustar el té mientras observaba el sobre con curiosidad. No parecía muy grueso; probablemente contenía otra carta. ¡Qué manía le había dado a Salvador por las cartas, en plena era digital! ¿No sabía lo que era un email?

Sin más, lo abrí.

Querido Miguel:

Espero que estés bien y que en estos momentos ya lo tengas todo a punto para emprender nuestra aventura en Grecia. El día 2 nos encontraremos en una pequeña cafetería que hay al lado de la iglesia Agios Nikolaos, en Litochoro.

Desde allí ascenderemos el monte Olimpo, como hicieron los antiguos dioses en su día. Es un camino sencillo, hemos previsto completarlo en ocho días. La idea es que tú te encargues de la fotografía y yo pueda entrevistar durante el camino a las otras cuatro personas que nos acompañarán.

Te escribo para darte unas indicaciones:

Cuando llegues a Atenas te encontrarás con Alice, forma parte del equipo. Ella te llevará a Litochoro, te estará esperando en el aeropuerto de Venizelos.

Procúrate el material necesario para el reportaje, y no

te olvides de la libreta que te regalé. Te aseguro que te vendrá bien.

Un fuerte abrazo, Miguel.

SALVA

«Es una locura —pensé al terminar de leer—. ¿Cómo voy a dejar a Maite sola con los niños tanto tiempo? Bastante poco me ocupo de ellos... ¿Y el trabajo? Tendría que pedir una semana extra de vacaciones, cosa que nunca he hecho».

Sentado allí en la tetería, jugando con la taza y reflexionando, sentí que me apetecía mucho ir. Tomar de nuevo la cámara y disparar a todo lo bello que encontrara.

«Trenes como este no habría que dejarlos pasar... Aunque me resulta imposible parar mi vida en estos momentos. Me necesitan tanto en casa como en el trabajo», concluí para convencerme.

3

Tenemos que hablar

A las ocho y media, Armando me invitó amablemente a salir de la tetería. Era hora de cerrar.

Llegué a casa más tarde de lo habitual. El ascensor recién cambiado, que aún estábamos pagando, me llevó hasta la tercera planta. Mientras atravesaba el pasillo impoluto, me sentí culpable por haberme entretenido tanto.

Abrí la puerta con cautela, pensando que los niños estarían durmiendo ya. El silencio que me recibió me confirmaba esta hipótesis. Dejé el maletín en la mesa del recibidor y entonces vi que había dos maletas en la entrada.

Las nuestras.

—¿Maite? —susurré para no despertar a los niños.

La encontré sentada, muy rígida, en el sofá del salón. Tenía un vaso de whisky en la mano. Ella nunca bebía, así que me puse en guardia.

—Tenemos que hablar —dijo muy seca—. Siéntate, por favor.

Antes de eso, me dirigí a la habitación de los niños para darles un beso de buenas noches, como cada día.

—No están. Los he dejado con mi madre.

Me dejé caer en la butaca, sin entender nada. ¿Qué había hecho mal esta vez? Maite se encargó de no alargar la incertidumbre.

—Hace tiempo que lo nuestro no funciona, lo sabes bien —empezó, perdiendo parte de su aplomo—. Alguien tenía que dar el primer paso. Estoy muy confundida, Miguel, y necesito tiempo para ordenar mis pensamientos.

—Pero ¿a qué viene ahora todo esto? —murmuré desconcertado.

—Hay cosas que no sabes y que necesito contarte. No quiero mentirte. Tienes derecho a entender lo que está pasando.

Sabía perfectamente que la relación con Maite no iba viento en popa. Llevábamos ya tiempo sin hacer el amor, y nuestra convivencia se había convertido en un contrato de roles: yo ganaba dinero, ella gestionaba lo demás.

—He conocido a alguien. Nadie que tú conozcas, no temas... —En este punto le temblaron los labios—. Al principio pensé que era solo una aventura, algo temporal, pero se nos ha ido de las manos. Miguel, creo que me he enamorado.

Me quedé mudo. Más que eso, helado.

—Deberíamos darnos un tiempo. Un par de meses para pensar. Te quiero, Miguel, pero no soy feliz. No eres tú, soy yo. Necesito aclararme, ¿sabes? Así que me llevo a los niños y nos vamos a vivir con mi madre. Espero que te parezca bien.

Confundido e indignado, me fui derecho al dormitorio

y cerré de un portazo. Luego me tumbé en la cama y lancé un grito de rabia mientras se me escapaban las lágrimas. No sé cuánto tiempo estuve así. Solo sé que cuando volví al salón, ella ya se había ido.

Al tomar conciencia de eso, me empezó a arder el pecho. Unos pinchazos más intensos que nunca me aguijonearon el lado del corazón. Me asusté mucho: me temblaban los párpados y tenía el brazo izquierdo dormido.

Entré en pánico. Conocía muy bien esos síntomas, pero nunca los había experimentado con esa intensidad.

Corrí hacia el mueble bar del salón. El whisky que se había tomado mi ex —¿podía llamarla ya así?— estaba sin tapón. Tal vez aquella botella sería lo último que compartiríamos, así que llené un vasito de Cardhu Gold Reserve hasta arriba.

Lo vacié de un trago y luego tomé un segundo. Y un tercero. Bebía como un beduino que llega a un oasis después de días en el desierto.

Poco a poco, los síntomas remitieron y me fui tranquilizando. Me daba vueltas la cabeza. Traté de ir al baño para refrescarme la cara, pero sentí que perdía el equilibrio y volví a la butaca. Sin darme cuenta, me dormí.

Eran las tres de la madrugada cuando abrí los ojos de nuevo. Me estallaba la cabeza. Fui a la cocina a por un vaso de agua. Tenía la boca seca como un esparadrapo. Cuanto más mayor, peores las resacas.

Sentado a la pequeña mesa de la cocina, intentaba entender qué había sucedido. Maite me había advertido de que pasaba demasiado tiempo en el trabajo y que los tenía abandonados a ella y a los niños.

«Pero ¿qué puedo hacer si el trabajo me reclama tanto tiempo?— me defendía yo—. Al fin y al cabo, tenemos todo lo que necesitamos y más, gracias a mi esfuerzo», pensé.

—No es justo, no me lo merezco —dije hablando a nadie en la madrugada—. ¿Quién será ese cabrón?

La furia fue convirtiéndose en pena. Y, con las horas, la pena se transformó en reflexión.

Cuando el sol empezaba a asomar por la ventana, yo aún estaba allí, tratando de entender aquel sinsentido.

Después de pasar por la ducha, me tomé un café doble para despejarme. «Con o sin familia, tienes que ir a trabajar», me dije sacando fuerzas de donde no las había. Agotado, abrí mi maletín para comprobar que no me faltaba nada.

Vi de nuevo la carta de Salvador y la libreta que me había regalado.

Respiré hondo y recordé una frase que había oído a una psicóloga en la radio: «Lo único que falta en tu vida eres tú».

Saqué la libreta, abrí la primera página y escribí:

Me voy a ver a los dioses.

4

Todo está en el coco

Hace tiempo que no cojo un avión. ¡Me da miedo volar! Dicen que es el transporte más seguro que hay, pero a mí me sigue dando pánico.

Voy de camino a Atenas. No sé muy bien qué me espera allí, pero da igual. Solo quiero desconectar, respirar aire fresco.

Quiero arreglar las cosas con Maite, aunque a lo mejor es demasiado tarde. Reconozco que los dos últimos años he estado demasiado centrado en el trabajo. A lo mejor no soy capaz de darle lo que necesita. ¿Es posible cambiar a los cuarenta y un años?

Me siento perdido y triste. No tengo ganas de vivir.

Mi ansiedad ha aumentado estos últimos días. Los pinchazos son cada vez más fuertes y constantes.

Me gustaría poder volar por encima de mis problemas como lo hace el avión sobre las nubes. Dejar de tener los pies en el suelo y de querer controlarlo todo.

Ojalá pudiera soñar, dejarme llevar.

El aviso de que nos abrocháramos el cinturón me sacó de mis pensamientos. Solté el bolígrafo y cerré la libreta. Nos disponíamos a aterrizar.

Una chica de pelo claro, menuda pero atlética, me esperaba en LLEGADAS con un cartel con mi nombre. Al acercarme a ella, me habló con acento inglés, pero con un castellano excelente.

—Hola, ¿eres Miqui?

Me hizo gracia que me llamara así. Era mi nombre de niño y también en clase durante mi adolescencia. Cuando entré a trabajar en la empresa, empezaron a llamarme Miguel, porque Miqui me parecía demasiado informal.

—Tú debes de ser Alice, ¿no? Un placer.

Para mi sorpresa, se lanzó a mis brazos y me regaló un abrazo. Un gesto algo hippy, teniendo en cuenta que no nos conocíamos.

—Nos espera un largo viaje en coche. ¿Tú conduces, Miqui?

—¡Claro! Me encanta conducir, sobre todo en un país que no conozco —dije, fingiendo estar animado.

—*Cool*, nos iremos turnando durante el trayecto. Tengo el coche fuera.

Seguí a Alice sin rechistar. Objetivamente, era una mujer hermosa. Aunque debía rondar el ecuador de la treintena, la larga trenza rubia que llevaba la hacía parecer más joven, así como el hecho de que me llegara al hombro. Tenía la cara redonda y una sonrisa perenne. Vestía un pantalón oscuro y un top deportivo. Hacía un calor infernal aquel agosto en Atenas.

Alice sacó de una mochila pequeña las llaves del coche y unas gafas de sol antes de ponerse al volante.

«No me lo puedo creer —me dije al ver aquella carraca—. Nos espera un viaje de más de tres horas y tenemos que hacerlo en eso».

Alice me explicó que el cocinero del hotel le había prestado su R5 azul, un coche que había dejado de fabricarse hacía más de quince años, sin aire acondicionado, sin airbags, sin radio. Me pareció un milagro que tuviese cinturones.

Entramos en el coche y pude apreciar cómo, en respuesta a mi peso, el asiento escupía una nube de polvo a mi alrededor.

—Vamos allá, abróchate el cinturón —me dijo Alice—. Aquí conducen como locos.

En el largo camino a Litochoro, el tiempo fue radiante. Durante la primera hora de trayecto nos contamos por encima quién era cada uno, algo que hacía dos semanas que yo no tenía nada claro. Me sentía perdido.

Alice era una neurocientífica escocesa que, después de graduarse en su país, investigaba sobre la ansiedad en la Universidad Autónoma de Barcelona. No me lo podía creer. Casi cuatro horas de viaje con una especialista en ansiedad. No podía ser casualidad. En cualquier caso, decidí aprovecharlas para hablar de eso que tanto me preocupaba.

—Me interesa mucho tu trabajo, Alice —dije para romper el hielo—. Llevo años sufriendo ansiedad y no entiendo por qué me pasa todo esto.

Alice rio.

—No me tires de la lengua que me encanta el tema. ¿Qué quieres saber sobre la ansiedad?

—¿Qué es y por qué aparece? ¿Por qué la sufro yo y otros no?

Tenía tantas preguntas...

—No te sientas raro: un estudio en Estados Unidos reveló que allí una de cada cinco personas sufre ansiedad. En España se calcula que son dos de cada cinco.

—Me alivia saberlo. Hace tiempo que me siento como un bicho raro.

—Normal —dijo Alice sin apartar la vista de la carretera—. Para que entiendas bien de dónde viene esa ansiedad, primero tienes que conocer cómo funciona el cerebro. Porque, aunque no lo creas, todo está en el coco. Retrocedamos en el tiempo... Nuestro cerebro evoluciona cada cien mil años, y el primer *Homo sapiens* que pisó la tierra lo hizo hace doscientos mil. Eso significa que nuestro cerebro se formó en la prehistoria. Pero hoy en día vivimos con internet, luces por todas partes, plasmas gigantes en el comedor, móviles, tabletas y portátiles. Nuestro cerebro no ha tenido tiempo de asimilar toda esa información. Sigue configurado para sobrevivir. Por eso te saltan las alarmas todo el tiempo.

—Pues vaya gracia... ¿Tan poco evolucionado estoy?

—Tampoco es eso. El estrés es una respuesta natural que el organismo activa ante una amenaza. Imagina que ahora nos ataca un tigre. En tu cerebro tienes una cosita llamada amígdala que se encarga de reconocer todo lo que pasa en el exterior a través de los sentidos y decide si esa amenaza es real o no.

El viejo coche empezó a hacer un ruidito extraño y Alice bajó a tercera. El calor era insoportable. La camiseta se me iba empapando por momentos.

—¿Tengo la amígdala atrofiada, entonces? —respondí nervioso al escuchar toda esa información.

—La amígdala envía un mensaje al hipotálamo, este lo reenvía a la hipófisis y esta, a las glándulas suprarrenales —explicó Alice de carrerilla—. Estas son las que te interesan, pues segregan un montón de hormonas, como la adrenalina, la noradrenalina y el cortisol. Estas hormonas preparan el cuerpo para la acción, activan el mecanismo de lucha o huida. Hacen que aumente la cantidad de sangre en las extremidades, que hiperventiles, y aumentan el ritmo cardiaco, la sudoración y muchas cosas más. ¿Te suenan estos síntomas?

—Sí, demasiado —dije con cierto alivio.

Después de mirar el reloj, Alice pisó el acelerador y forzó un poco el motor. Aun así, no pasábamos de cien. El coche no daba más de sí.

—De estas hormonas de las que te hablaba, y ahora te verás identificado —continuó mi compañera de viaje—, hay de dos tipos, de respuesta rápida y de respuesta lenta. La adrenalina y la noradrenalina son del primer grupo: se activan inmediatamente y desaparecen en tres minutos, más o menos. Imagina que oyes en el trabajo un grito e interpretas que puede ser una amenaza. Te alteras durante unos segundos y entran en juego estas hormonas, pero enseguida te das cuenta de que ha sido un compañero que se ha quemado con el café. Si se activa la otra hormona, el cortisol, es porque la amenaza es más real y debes afrontar ese peligro o huir de él. Se activa a los diez minutos de percibir la amenaza, y se queda haciéndote compañía mucho más rato, como los pinchazos en el pecho.

—Los tengo a diario —añadí enseguida—. Y no sé por qué... No hay ninguna amenaza real.

—Eso lo sabes tú, pero no tu cerebro reptiliano, el que vela por tu supervivencia. El problema es el uso que hacemos del móvil, las redes sociales o el mero hecho de tener muchas pestañas abiertas en el ordenador. Todo eso causa un estrés creciente a tu cerebro, ¿me sigues?

—Creo que sí.

—Hoy en día tu cerebro se estresa por la cantidad de cosas que tiene que hacer, no porque le pueda atacar un mamut. Según una estadística que leí, el 98 por ciento de las cosas que nos provocan estrés son situaciones de la vida cotidiana.

En la lejanía apareció la silueta de una gasolinera. Paramos allí para descansar cinco minutos y llenar el depósito. Llevábamos solo una hora y media de ruta, así que aún nos faltaba un buen trecho.

«Para lo viejo que es, el coche no tira nada mal —pensé, extrañamente relajado—. Y con todas las cosas interesantes que explica Alice, el viaje se me está haciendo corto».

Ella fue a pagar y me hizo una señal desde dentro para que entrara en la pequeña área de servicio.

—¿Te apetece un café? —me dijo cuando me reuní con ella.

—Claro, aunque la verdad es que lo evito, por el tema de la ansiedad, ¿sabes? Si hay descafeinado, mejor.

Durante la conversación a pie de barra, Alice me explicó que era *single* militante desde que rompió una relación de cinco años con su anterior pareja.

—Llevaba meses muy distante y frío. Apenas hacíamos el amor —dijo con naturalidad—, y las pocas veces que se animaba no ponía mucho interés. Hasta que un día, bajo presión, confesó. Hacía tiempo que me engañaba con alguien... Para ser exactos, con un compañero de trabajo. Entonces lo comprendí todo.

El chico era muy amable y delicado, y ella era la única

novia que había tenido. Alice se avino a mantener la amistad con él porque, en el fondo, seguía queriéndolo. Pero desde entonces tenía el corazón congelado.

Con ese panorama, cuando Salvador le propuso el viaje al Olimpo, le pareció una buena idea para desconectar de sus neuras.

Ya éramos dos.

También descubrí que había conocido a Salvador en China, en una especie de ruta espiritual, y que ya entonces le habló del proyecto del monte Olimpo, para el que nos había liado a los dos y a tres personas más.

Fueron veinte minutos de cháchara con un horrible café de sobre que sabía a quemado en un local mugriento, de esos en los que se te pegan los pies en el suelo, pero hacía tiempo que no me sentía tan a gusto. Quizá predominara en mí el cerebro reptiliano, pero durante aquella pausa se apagaron todas mis alarmas.

Al arrancar de nuevo, me puse yo al volante, que quemaba como si hubiese estado en el horno un par de horas. El techo acariciaba mi coronilla, y no porque yo fuera muy alto, sino porque el forro estaba despegado y hacía bolsa.

En cuarta y pisando el acelerador, aquel R5 treintañero no pasaba de los cien. El maestro perfecto para ansiosos y escopeteados. Y, a medida que recorríamos kilómetros, se iba convirtiendo en un horno sobre ruedas.

—Perdona que vuelva al tema —dije mientras contemplaba una hilera de pinos que bordeaba la carretera—. Ya que sabes tanto sobre la ansiedad, ¿cómo puedo dejar de sentirla?

Alice me miró de reojo con una media sonrisa, como si se le escapara el aire por la comisura derecha de la boca.

—Yo te puedo ayudar solo con una parte. Hay dos maneras de afrontar la ansiedad. Una es la psicológica, que requiere cambiar nuestra manera de interpretar el mundo. Al final, la ansiedad es una reacción al miedo, así que tu objetivo es vencerlo. No hay que tener miedo a vivir.

Tragué saliva, sin saber qué añadir.

—Pero, puesto que estás aquí —prosiguió ella—, ya has dado un paso fuera de tu zona de confort, que a veces es lo más incómodo que hay.

—Lo mío me ha costado, Alice. Es casi un milagro que haya venido.

Le resumí atropelladamente mi patético final de diecisiete años de pareja. Ella escuchaba con atención y asentía de vez en cuando.

—Ahora entiendo por qué Salva te ha escogido para este proyecto —dijo por fin.

—Pero volvamos a la clase magistral, doctora. ¿Cuál es el segundo camino?

—Se puede salir de la ansiedad trabajando en todo lo que depende de tu sistema nervioso, que es el que provoca la respuesta inconsciente de tu cerebro. Sería muy largo de explicar, pero puedes empezar observando algo tan sencillo como vital: tu respiración.

—¿Qué le pasa a mi respiración?

—Para que lo entiendas, antes necesito que sepas el papel que juega el hipocampo. ¿Aún me aguantas el rollo? —Sin esperar mi respuesta, prosiguió—: El hipocampo es esencial para consolidar la memoria y el aprendizaje. Decide en cada momento qué necesita para sobrevivir y qué no.

Alice se pasó la mano por la trenza, que ahora le caía con gracia sobre el hombro. Luego dijo con su voz cantarina:

—Piensa en tu comida favorita. ¡Rápido, lo primero que te venga a la cabeza! ¿Ya?

—Ya.

—Estás salivando, ¿a que sí?

Asentí con una mueca de asombro.

—Solo de pensar en algo, tu cuerpo se ha activado. Conoces lo del perro de Pávlov, ¿verdad? Si no hubieras salivado, tal vez te habría rugido la barriga o habría habido alguna otra señal de que tienes hambre. Ahora cambiemos de tercio... ¿Cuántas veces te ha pasado que te vas a dormir y recuerdas una reunión que ha ido mal esa misma tarde? Tu cuerpo se empieza a tensar, siguen los pinchazos y ya no puedes dormir. Lo has vivido, ¿verdad? Pues esas preocupaciones también activan la amígdala, como si el tigre estuviera al acecho, y disparan el circuito del que hemos hablado.

—Vale, pero ¿cómo se para ese circo?

—Lo primero es entender que el noventa por ciento de las cosas que te preocupan jamás sucederán, según las estadísticas. Así que, a partir de ahora ocúpate, no te preocupes. Por ejemplo, si llevas rato dando vueltas en la cama, es mucho mejor que te levantes y hagas algo productivo. Lee un capítulo de un libro, toma notas o haz una meditación. Cuanto mejor te ocupes, más despreocupado vivirás.

En la mitad exacta del camino, hicimos parada en un restaurante. Un cartel azul coronaba la puerta del local. La primera palabra en caracteres griegos era incomprensible para mí, supuse que sería «restaurante», y la segunda deduje que era «Dionisio», el dios del vino y la fertilidad.

«Comeremos bien», pensé.

Al abrir la puerta, una mujer robusta con un delantal de flores nos invitó a pasar a un comedor atestado de gente.

Sin siquiera preguntarnos, nos sirvió una jarrita de vino blanco y empezó a soltar palabras en griego que ni Alice ni yo entendimos. Entre ellas me pareció entender musaka, uno de los pocos platos que conocía.

Pedimos una ración cada uno, además de unos entremeses. Le di un sorbo a aquel vino, que se llamaba retsina y sabía a eso. Era refrescante.

—Por cierto, Alice, me pregunto si tú tienes algo más de información acerca de lo que vamos a hacer en esa montaña.

—Haremos lo que hacen los dioses, ¿no son los dueños del Olimpo? —bromeó al tiempo que levantaba el vaso para brindar—. Sobre los detalles de la misión, Salva lo explicará esta noche, cuando estemos todos.

A la mesa llegó una enorme ensalada de pepino y huevo

cocido y unos rollitos verdes envueltos en una hoja de parra, una fuente con capas de pasta y berenjena, la musaka, y un cestito de mimbre con pan de pita.

Estaba todo delicioso, pero era demasiada comida. Aproveché una pausa para retomar el tema de la respiración, que ella había definido como «el idioma con el que nos comunicamos con el cerebro».

—Una respiración lenta y profunda ayuda a disminuir la actividad de la amígdala y aumenta la materia gris del hipocampo. Eso equivale a desactivar la alarma. Ya no necesitas luchar ni huir.

—Me gustaría aprender ese tipo de respiración —dije antes de atacar un nuevo pedazo de musaka—. Cuando regrese a Barcelona, quizá me apunte a algún curso.

—Si quieres, esta noche, cuando acabe la reunión, te enseño yo cómo hacerla. Verás que es muy sencillo y sus resultados son inmediatos.

—Cuenta conmigo, gracias —dije entusiasmado.

—Si incorporas esa herramienta como un hábito de tu vida, vivirás cambios asombrosos. Pero tendrás que ser constante. Ya sabes, Miqui, sin sudor no hay recompensa.

—Por lo pronto, estoy sudando la gota gorda en esa chatarra —concluí, animado.

5

Un trabajo con trampa

Al estacionar delante del Hotel Olimpus, me dije que no podía encajar menos con el coche que nos había llevado hasta allí. No esperaba encontrar un hotel tan lujoso. Salimos del coche, que estaba hirviendo después de tantas horas pisando el acelerador a fondo, y nos dirigimos a la recepción de estilo neoclásico. Un botones con traje negro nos dio la bienvenida en inglés. Alice respondió amablemente en su lengua materna.

Bajo una gran lámpara de araña había una estantería de mármol llena de relojes de sobremesa antiguos y, justo al lado, una chimenea que debían de encender en invierno. Tras registrarnos, nos dieron un par de llaves y el botones nos acompañó a nuestras respectivas habitaciones.

—Nos vemos dentro de una hora en el comedor para la cena —me dijo ella—. Avisaré a los demás de que ya hemos llegado.

—Perfecto, sí, me muero por una ducha.

En la habitación, una gran cama dominaba el espacio, con una pequeña cómoda en el lado izquierdo y un sofá a la derecha. Una gran cortina marrón vestía la ventana. La descorrí para ver las vistas. Ya había oscurecido, pero en el horizonte se dibujaba la sombra del monte Olimpo.

«En pocos días, estaremos arriba», pensé ilusionado. Al sacar la cámara de la mochila, de repente me sentí incapaz. «¿Qué pinto yo aquí? —me dije—. No soy un buen fotógrafo, y menos aún un buen alpinista. Tendría que haberme informado antes. Si me toca escalar, el vértigo me paralizará. No seré capaz de hacer el trabajo. Salva se ha equivocado de lleno conmigo. ¡Menuda decepción se va a llevar!».

En ese mismo instante, sentí que el corazón se me aceleraba y aparecían unos pinchazos ligeros entre la axila y el pectoral izquierdos. Me acordé de la respiración que Alice tenía que enseñarme esa noche y de lo que me había explicado durante el viaje.

Aún no me atrevía a probar nada nuevo, así que saqué un diazepam de la maleta y me lo tomé. Me tumbé en la cama y esperé diez minutos a que se me pasara un poco.

Cuando me sentí mejor, me metí en la ducha y me dispuse a vestirme para nuestra reunión. Acabé de revisar el material de fotografía, el portátil y todo lo necesario para la aventura. Lo dejé todo ordenado en la cómoda.

Entonces, tres golpes secos retumbaron en la puerta.

—¿Se puede? —se oyó detrás de la madera.

Abrí enseguida y apareció Salvador con una sonrisa de oreja a oreja.

—Qué ilusión tenerte aquí, Miguel. —Me dio un abrazo—. Es genial que formes parte de este proyecto. Por cierto, eso que llevas en la mano me suena...

Sin darme cuenta, al sacar el material para el viaje, me había quedado con la libreta que me había regalado Salvador en la mano.

—Eh, sí... —respondí titubeante al tiempo que la lanzaba con disimulo encima de la cama.

—¿Has empezado a escribir?

—Pues sí, pero solo unas líneas, en el avión.

—¿Puedo leerlas? —me rogó Salvador.

Le entregué la libreta a regañadientes y con una sensación de vergüenza profunda.

Abrió la primera página y leyó con atención. Cuando terminó, me devolvió el cuaderno con una gran sonrisa en los labios.

—Me parece el mejor de los inicios —dijo con un brillo en los ojos que no entendí.

—Pues a mí me parece una verdadera mierda —repuse sin entender aquella emoción.

—De aquí a una hora cenaremos todos juntos, tengo muchas ganas de que os conozcáis. Oye, ¿por qué no aprovechas ese rato para escribir un poco más? Prometo no pedírtelo.

—¿Ahora? —repuse como un niño al que no le apetece hacer los deberes.

—Sí, claro. ¿Hay mejor momento que ahora?

Dicho esto, salió a paso lento, como si arrastrara los pies.

Me costó un buen rato enfrentarme a la hoja en blanco. Hasta que, sin pensarlo más, empecé una nueva página donde escribí la fecha del día en la parte superior izquierda, como hacía en el cole.

Ese fue el inicio de una larga relación con esa libreta de piel negra. Más que llevar un diario de viaje había decidido consignar en ella mis apuntes sobre la ansiedad.

1 de agosto

REFLEXIONES DE UN ANSIOSO (I)

Ahora sé que todo está en el cerebro,
no soy un bicho raro. La ansiedad es
una patología que hay que tratar desde
distintos frentes.
    Se dispara por una señal que llaman
de huida o lucha, que es una reacción
al miedo. Eso es lo que me provoca los
pinchazos, los ahogos o el insomnio.
Es decir, cuando supere el miedo, habré
superado la ansiedad.
    Los temores pueden ser irreales e incluso
inconscientes. Yo mismo no sé por qué tengo
ansiedad. No sé a qué le tengo miedo.
A lo mejor es que le tengo miedo a todo
y a todos. O tal vez es a mí a quien temo.
Puede que tenga miedo de lo que pueda
llegar a hacer, de molestar a los demás,
de salirme de lo convencional, no sé...

También veo que hay una parte de estrés en todo este embrollo, según Alice. Supongo que el trabajo, la hipoteca, los niños, es un cóctel que no ayuda. Aunque, según he entendido, si es irreal, a lo mejor no son todas esas cosas, sino cómo las enfoco.

Por ejemplo: ¿cómo estoy enfocando el trabajo? La verdad, creo que le dedico demasiadas horas, y no me gusta lo suficiente como para invertir tanto tiempo. Tengo un contrato de ocho horas, pero le dedico un mínimo de diez cada día solo para no quedar mal en la empresa. Menudo loser *estoy hecho. Podría dedicar ese tiempo de más a cualquier otra cosa: jugar con mis hijos, llamar a viejos amigos, recuperar hobbies. Antes me encantaba leer cómics de superhéroes, pero hace años que no leo nada. Siempre digo que no tengo tiempo.*

En cuanto a los niños, ¿cómo lo estoy gestionando? No lo estoy gestionando. Esos gremlins hacen lo que les da la gana y cuando les da la gana. Mandan ellos. Tengo un sentimiento de culpa que no me deja ponerles límites, qué fracaso de padre... Lo vivo de forma muy contradictoria: los echo de menos y me llenan de amor, pero solo diez minutos al día; como mucho, media hora. El resto del tiempo es un infierno de gritos, peleas y agotamiento mental.

Sin duda, todo ello suma puntos a mi ansiedad.

Me voy a cenar. Cambio y fuera.

6

Respira

Solo dos mesas estaban ocupadas, no sé si por la hora —eran casi las nueve y media— o porque la temporada de turismo no estaba muy animada aquel agosto. Al fondo de la sala, junto a unos grandes ventanales, estaba todo listo para la cena. No había llegado nadie todavía. Deambulaba por la sala cuando una mano acarició mi hombro.

—¡Buenas noches, Miqui! —Enseguida reconocí la voz de Alice, que me regaló una caricia por la espalda y un beso en la mejilla—. ¿Has podido descansar un poco?

La escocesa se había arreglado para la ocasión. Vestía una camisa negra ligeramente desabrochada y un pantalón tipo traje del mismo color.

—Estás muy guapa —solté sin pensarlo mucho.

Un camarero nos acompañó hasta la mesa del fondo y nos invitó a tomar un poco de vino mientras esperábamos a los demás.

Al poco llegó un hombre con barba blanca y unas pequeñas gafas redondas que parecían salidas del siglo XIX que nos saludó con un marcado acento argentino.

—Soy Joel. —Me tendió la mano para saludarme e hizo lo mismo con Alice, que se levantó y le estampó un par de besos—. Soy el historiador del proyecto, aunque aún desconozco mi misión aquí.

Me alivió saber que yo no era el único que venía a ciegas. Quizá solo Alice, por amistad con Salvador, sabía algo de lo que íbamos a hacer. Por algún motivo, este era un proyecto que el organizador había mantenido en secreto hasta el último momento.

Enseguida llegaron dos comensales más. Uno era un joven oriental de aspecto elegante. Lo acompañaba una chica atlética con tejanos y camisa de seda roja.

El primero resultó ser un zoólogo de la Universidad de Columbia, en Nueva York, que se presentó como Hui. Era especialista en reptiles. Pronto me enteraría de que en el monte Olimpo hay más de veintidós especies distintas de reptiles y anfibios, además de gran variedad de pájaros y mamíferos, como el jabalí o el ciervo.

Su acompañante, Míriam, era escaladora profesional y se encargaría de guiar al grupo hasta la cima. Por lo visto, había coronado varios ochomiles. Por un momento recé para que nuestra ruta no se pareciera en nada a esas aventuras.

—Para nada —respondió, clavándome la mirada—. Esto es senderismo de nivel bajo. Es para novatos, no tendréis ningún problema.

Por último apareció Salvador. Se acercó despacio desde la entrada del comedor, pero se detuvo a medio camino cuando el chef salió de la cocina para saludarlo.

«Ese es el dueño de la tartana con la que hemos llegado», pensé.

Ignoraba a qué se había dedicado Salvador después de dejar la fotografía, pero empezaba a ver que era una persona muy querida.

En el hilo musical del restaurante sonaba la *Suite de Cello n.º 1*, de Bach, que acompañó a Salvador hasta nuestra mesa como si de una película se tratase. Me pareció que mi amigo desprendía un aura de luz y carisma.

Dos camareros llenaron las copas de vino tinto para acompañar unos entrantes ligeros.

—Si os parece, amigos míos, comamos y luego hablaremos de lo que nos espera los próximos días. *Iamas!* —dijo Salvador alzando la copa.

Durante la comida se habló del clima, entre otras cosas. Por lo visto, las noches serían frías debido a la altura, y no se descartaba que la lluvia hiciera acto de presencia.

Puesto que alcanzaríamos los dos mil setecientos metros, el mal de altura era un percance que debíamos tener en cuenta. Nos esperaban caminatas de ocho horas al día con peso en la espalda. Eso sí, cada noche dormiríamos en un refugio.

De repente, unos golpecitos en el cristal de una copa acallaron las conversaciones. Salvador se levantó y empezó su discurso.

—Amigos, estamos aquí para vivir una gran aventura

juntos. Estoy convencido, y este ha sido uno de mis aprendizajes, de que el ser humano por sí solo no es nada. Decía un conferenciante norteamericano que uno es la media de las cinco personas con las que pasa más tiempo. Como yo quiero sacar buena nota, por eso estáis aquí. Para este proyecto sois el mejor grupo de exploración que se pueda tener.

Salvador alzó la vista al techo y se hizo un largo silencio en la mesa.

—Este va a ser mi último proyecto artístico. Algunos sabéis que mi empresa lleva años creando proyectos para hacer un mundo mejor. Me siento orgulloso de haber ayudado a muchísimas personas a sentirse más felices y realizadas. La aventura que nos disponemos a emprender tiene como fin dejar un legado al mundo para que la humanidad siga creciendo en busca de su despertar.

—No te hagas el interesante, que ya sabemos que te encanta. Concrétanos ya los objetivos de esta aventura —le interrumpió Míriam con total confianza.

—Por supuesto, hace muchos años que mi gran ilusión es filmar un reportaje sobre los dioses griegos. Me apasiona el tema y quiero hacer algo distinto, una cinta sobre el ascenso al monte Olimpo, así como lo que nos aporte el viaje a nivel emocional, filosófico y personal y su relación con los dioses.

»En esta aventura habrá dos equipos: nosotros seremos el equipo Alfa y mañana a primera hora se nos unirá el equipo Beta, compuesto por dos operadores de cámara y el periodista que nos entrevistará. Además de nuestra aventura, me gustaría mostrar al mundo la flora y la fauna del lugar.

Salvador miró al zoólogo e intercambiaron una inclinación de la cabeza.

—Para nuestro reportaje, he pensado que será imprescindible contar la historia de los doce dioses que los antiguos griegos creían que habitaban en la cima del Olimpo. Quiero que cuando el público vea el documental, entienda todo lo que arrastramos de nuestros ancestros. Esto es la cuna de nuestra civilización, aquí nació todo. Por eso las historias de Zeus y sus olímpicos tienen mucho que enseñarnos.

Joel levantó el pulgar para mostrar que estaba de acuerdo. Salvador sacó un pañuelo y se secó el sudor de la frente.

—En este viaje, además, quiero que ilustremos tres maneras de actuar en la vida, sin las que la humanidad no puede seguir avanzando: la fuerza de voluntad, la actitud y la resiliencia.

Mi compañera de viaje acogió esta declaración con una sonrisa radiante.

—En resumen, me gustaría que el documental mostrara la pequeña aventura de un grupo de amigos que descubren la antigua Grecia y crecen durante el viaje. Haremos un poco de *reality show*, que es lo que vende ahora —concluyó Salvador con una mueca divertida—. Por último, pero no menos importante, estás tú, Miguel. Te pido perdón públicamente, pues vienes un poco engañado y sin saber a qué te enfrentas. Cuando te conocí, hace ya muchos años, me enamoré de tus fotos, de tu buen ojo y sensibilidad. Cuando te reencontré en el mes de julio en Barcelona, decidí invitarte a última hora porque me recordaste a mí cuando andaba muy perdido y sin propósito en la vida. Conecta con tu propósito de vida durante el viaje, con aquello que has venido a aportar al mundo; tendrás tiempo para experimentar y pensar, te lo aseguro. Además, creo que este viaje te puede ir muy bien para trabajar tu problema con la ansiedad.

No sabía si abrazar a Salva de agradecimiento o darle un puñetazo por la vergüenza que me estaba haciendo pasar. La presión en el pecho se acentuó, y volvieron a visitarme los pinchazos. Se me aceleró la respiración y noté que se me iba un poco la cabeza.

«Voy a desmayarme», pensaba siempre que me sentía así, aunque no había ocurrido nunca.

Alice, sentada en la otra punta de la mesa, se levantó de un salto y se sentó a mi lado. Me cogió la mano y me susurró al oído que respirara despacio, con suavidad; con la otra mano me acariciaba la espalda en círculos.

Noté que una lágrima me resbalaba por la mejilla. Cuando me alcanzó la comisura de la boca, la sentí salada. Alice me dio un pañuelo de papel sin soltarme la mano en ningún momento.

Sentí que el universo recuperaba el orden y, mientras volvía a la realidad, oí que Hui preguntaba preocupado:

—¿Hasta dónde subiremos?

—Hasta que todo cobre sentido —respondió Salvador.

La conversación derivó hacia temas variados, desde política hasta fútbol, pasando por la última serie de moda. Un buen rato después nos fuimos retirando a nuestras respectivas habitaciones.

—¿Cómo te encuentras? —me preguntó Alice.

Estaba tumbado en la cama de mi habitación, con Alice sentada en un extremo.

—Mucho mejor, gracias. No sé qué me ha pasado. Supongo que tengo miedo de no dar la talla. El elogio que ha hecho Salvador de mis fotos..., te aseguro que ha sido muy subjetivo.

—Confío por completo en el criterio de Salvador. ¡Seguro que harás un gran trabajo! Cuando estamos preparados para un cambio, el universo se alinea para ayudarnos.

—Parece mentira que seas científica, Alice —dije, intentando bromear—. Sabes de sobras que el universo no influye en nada.

—Soy científica, pero no cientificista. El método científico no es el único camino a la verdad. Hay muchas cosas que no pueden ser demostradas científicamente. Por ejemplo, la ética no es accesible a través del método científico. Lo bueno o lo malo no es medible, no puedo demostrar que torturar a una persona sea malo, pero todos estamos de acuerdo en que lo es. ¿Me sigues?

Asentí, relajado; la perspectiva de pasar ocho días junto a Alice me agradaba mucho.

—Hay muchas cosas de este viaje que no me cuadran, Alice, no le veo sentido a este documental y a este equipo tan dispar que Salvador ha juntado. El misterio de la empresa que dirige nuestro cabecilla, el equipo de grabación..., algo no encaja.

—Déjate llevar, Miqui, al final qué más da. Vivamos esta excursión con alegría y con voluntad de aprender. Venga, te he prometido que esta noche te enseñaría a respirar, así que vamos al lío. En el viaje hablamos de la respiración diafragmática y de que hiperventilamos para crear esa reacción de huida o ataque. ¿Te acuerdas?

—Sí, claro.

—Pues igual que al hiperventilar le envías al cerebro la señal de que estás en peligro y debes actuar, hay un tipo de respiración que le comunica que no hay ningún peligro real que afrontar. Esa respiración es el bostezo.

—¿El bostezo? —pregunté sorprendido—. ¡Pero yo ya sé bostezar!

—Sí, lo haces a veces de forma automática, pero no has aplicado nunca ese tipo de respiración de forma voluntaria. Si te fijas bien en cómo funciona, te darás cuenta de que es una inspiración corta y profunda, seguida de una espiración larga y suave acompañada por un ruido final.

Alice apoyó la mano derecha en mi pecho y la izquierda, en mi abdomen. Tenía las manos pequeñas y algo frías. Aun así, su contacto me transmitía una sensación de nido, de hogar, como cuando mi madre me arropaba por las noches.

Practiqué con ella el bostezo. Sintiendo esa pequeña presión de sus manos, inspiré durante tres segundos para luego expulsar el aire despacio.

—¡Bien hecho! Ahora concéntrate en llenar el abdomen de aire cuando inspires e intenta dejar el pecho quieto. Cuando saques el aire, hazlo emitiendo el sonido «haaa», como si echases vaho sobre un cristal.

Seguí practicando hasta que prácticamente me quedé dormido.

—Eres un buen alumno, ahora te dejo descansar —me dijo Alice en un susurro—. Mañana nos espera una larga jornada.

7

El miedo

REFLEXIONES DE UN ANSIOSO (II)

*Si dejamos de respirar, morimos. Eso está
claro. Nadie puede seguir vivo más allá
de unos minutos si no respira.
Ayer aprendí que la respiración es el
idioma que puede utilizarse para hablar con
el cerebro. Lleva mucho tiempo trabajando
de la misma manera y, tal como me explicó
Alice, la única forma que conoce de hacerme
sobrevivir es haciéndome hiperventilar.
Y este tipo de respiración me crea todos
los síntomas que tanto me hacen sufrir.
Si practico la respiración del bostezo
que ella me ha enseñado, podré influir
en mi cerebro cuando se sienta en peligro.
Así interpretará que no es real. Creo
que empiezo a entender cómo funciona la*

*ansiedad. Ahora mi objetivo es superar el
miedo y dejar de interpretar la vida como
lo he estado haciendo hasta ahora.*

*Hoy me espera un día interesante, y podré
poner todo esto en práctica. A lo mejor,
tener ganas de superarlo y practicar ya
es perderle un poco el miedo.*

El aire era fresco a las 6 de la mañana. Hacía tiempo que no dormía tan bien, me sentía descansado y con energía. Cerré la libreta y me sentí feliz de haber escrito un poco a primera hora.

No había nadie en el restaurante y pedí el primer y último café del día.

El sol aún no había asomado la cabeza a esa hora, pero el cielo empezaba ya a tener un color gris que, poco a poco, se iba transformando en azul. A cada sorbo de café, el día se levantaba un poco más.

La sensación de estar levantado cuando todos duermen y poder darle la bienvenida al día me pareció un lujo del que valía la pena disfrutar.

Joel no tardó en aparecer por el fondo del comedor. Tenía un andar corto; dejaba caer su peso de manera controlada con cada paso, y daba casi la sensación de que no avanzaba. Llevaba bajo el brazo el periódico local, un detalle que me ayudó a entablar conversación.

—¿Sabes leer griego? ¿Qué dice la prensa hoy?

—¡Buenos días! Conozco su alfabeto, pero no entiendo lo que dice. Voy a mirar las imágenes y a fingir que entiendo algo. Pregunté si tenían prensa extranjera, pero me dieron esto. ¿Qué tal dormiste?

—Mejor que nunca. Últimamente he tenido bastante insomnio y ansiedad. Estoy viendo cómo lidiar con ella.

—Salva siempre dice que esos síntomas tienen que ver con el miedo —dijo Joel peinándose con la mano los cabellos canos—. Es un tema que preocupa a la humanidad desde siempre. En la antigua Grecia ya se hablaba del miedo, y uno de los más comunes es el miedo a morir. Aunque es absurdo, porque la única certeza que tenemos en esta vida es que nacemos y morimos, ¿vos qué pensás?

—Sí, claro —dije con simpatía por aquel dandi maduro.

Pese a que me encontraba cómodo en su compañía, el corazón se me aceleró de repente y la barriga empezó a hacer ruidos. A veces la ansiedad aparecía también por allí, sobre todo si estaba en ayunas y el café empezaba a hacer su efecto laxante.

—¿Te sentís bien? —preguntó Joel dejando el periódico en la mesa.

—Solo un poco nervioso. Esta aventura se me hace un poco cuesta arriba.

—Aunque en lugar del Olimpo fuera el Everest, tampoco habría que pensar en la muerte. Incluso estando en el sillón de casa, Hades siempre acecha desde el inframundo. Mucha gente muere durmiendo o incluso en el inodoro, como Elvis Presley. ¿Sabés qué opinaba Marco Aurelio?

En sus *Meditaciones* dijo: «No hay que temer a la muerte, sino a no haber empezado nunca a vivir».

Aquella frase me hizo reflexionar. De repente, ya no sentía el corazón tan alborotado.

—Como proponía el emperador filósofo, lo mejor que podemos hacer es vivir cada día como si fuera el último y exprimir cada minuto. La vida no tiene ningún valor para quien no sabe disfrutarla. En cuanto a la muerte... —la camarera le trajo en aquel momento un café con leche y nos señaló el bufet—. ¿Nos servimos y te cuento luego una vieja historia sufí?

—Me encantará.

Después de hacernos con unos huevos con salchichas, acompañados de pan de pita recién horneado, Joel adoptó una pose profesoral y empezó:

—En Bagdad vivía un comerciante llamado Zaguir con fama de ser muy culto y juicioso. Tenía un joven sirviente, Ahmed, a quien apreciaba mucho. Un día, paseando por el mercado de tienda en tienda, Ahmed se encontró de frente con la Muerte, que lo miró con una mueca extraña. Asustado, salió corriendo y no se detuvo hasta llegar a casa. Una vez allí, le contó a su señor lo que había pasado y le pidió que le dejara un caballo para huir a Samarra, donde tenía parientes, y de ese modo escapar de la Muerte.

»Apiadándose del chico, Zaguir le prestó el caballo más veloz de su cuadra. Al despedirse, le dijo que si forzaba un poco al animal, llegaría a Samarra esa misma noche.

»Cuando Ahmed se fue, Zaguir se dirigió al mercado, donde al rato encontró a la Muerte paseando por los bazares.

»"¿Por qué asustaste a mi sirviente?", le preguntó a la Muerte. "Tarde o temprano te lo vas a llevar. ¡Dejalo tranquilo mientras tanto!".

»"No era mi intención asustarlo", se disculpó ella, "pero no pude ocultar la sorpresa que me causó verlo aquí, porque esta noche tengo una cita con él en Samarra".

Pinché el último trozo de salchicha de mi plato y pregunté:

—¿El miedo es peor que la muerte?

—Sí. Una vida con miedo es mucho peor que morir. Y tenemos miedo a morir básicamente por dos razones: el dolor y perdernos aquello que vendrá. Sobre lo primero, Epicuro decía: «No le temas a la muerte, pues cuando ella existe, tú ya no». En cuanto al segundo punto, el filósofo Thomas Nagel escribió: «Muchos temen a la muerte porque no quieren perderse experiencias que podrían vivir en un tiempo futuro. Pero antes de que naciéramos, ya pasaron muchos sucesos geniales. Sin embargo, no tenemos un sentimiento de pérdida por no haber visto a los Beatles en vivo. ¿Por qué tenerlo por lo que ha de suceder después de la muerte?».

8

Las cinco claves

El día se había levantado con un cielo claro y despejado, el clima perfecto para empezar nuestra aventura. Aun así, a causa de los nervios sentía un mareo constante y fuertes pinchazos en el pecho. Intentaba respirar como Alice me había enseñado la noche anterior, pero no había manera. No podía salir de la respiración entrecortada; incluso me di cuenta de que en ocasiones dejaba de respirar.

Todo estaba listo. Equipados para el primer día de viaje, nos encontrábamos en el yacimiento arqueológico de Díon. Estábamos a la espera del equipo de filmación. Para amenizar el tiempo, Joel explicaba que en aquel lugar se habían celebrado los primeros juegos olímpicos en honor a Zeus.

Miré a Alice de reojo. Llevaba el pelo recogido en una larga trenza y tenía una expresión radiante. Sus ojos brillaban como los de un niño que escucha una buena historia.

«Como mínimo —pensé—, me estoy escuchando y soy consciente de mi respiración. Se lo contaré a Alice para que esté contenta con mi esfuerzo».

Míriam, nuestra serpa, nos dijo que el objetivo del día

era alcanzar el refugio de Petrostrugka, a unos 1.940 metros de altitud. Todo un reto teniendo en cuenta que partíamos del nivel del mar. Para animarnos, nos contó que allí arriba nos aguardaba un bello paraje de pinos bosnios centenarios con vistas panorámicas sobre el mar Egeo. Con la llegada del equipo de filmación, nos pusimos en marcha. Cargábamos parte del equipaje cada uno y el paso era ligero. Estaba prevista una primera parada en un refugio para comer y después seguiríamos hacia el cañón del Orlias.

Durante la marcha, con la sintomatología a tope y el miedo a niveles estratosféricos, me recordaba una y otra vez la oportunidad que me brindaba ese viaje, sobre todo en lo personal.

Había disparado ya algunas fotos del cañón; las vistas eran espectaculares. Como me había dicho Alice, el secreto era ocuparme y no preocuparme, así que trataba de centrarme en mi tarea, como el resto del equipo.

Me fijé en que Joel cerraba la libreta donde estaba tomando notas y decidí acercarme para reanudar la charla sobre el miedo, el tema que competía por el espacio absoluto de mi mente esos días.

—Según decían nuestros antepasados, hay cinco estrategias para gestionar el miedo. La primera es aprender a tolerar la incertidumbre. Estamos acostumbrados a preguntarnos: ¿Qué pasará mañana? ¿Qué voy a hacer el año que viene? Pensamos en el futuro, pero no sabemos qué nos deparará. A veces nos ponemos en lo peor, pero no podemos saber qué va a ocurrir. Nadie lo sabe. Solo hoy podés hacer algo para determinar el futuro, en aquello que depende de vos. Nos gustaría controlar nuestra vida y que no existieran los imprevistos y accidentes, pero la primera clave de la serenidad es aprender a sobrellevarlos. Epicuro recomendaba vivir aislados de la incertidumbre y la violencia propias de la vida pública. Pero, bueno, ¿qué clase de existencia sería esa? ¿No creés?

—Yo no me veo viviendo solo en el monte, como un ermitaño.

—Ni yo, soy un amante del quilombo, pero, aun así, a través de la meditación aprendí a aislarme de la incertidumbre. La segunda estrategia es marcarte metas, pero viviendo en presente. ¿Qué te gustaría hacer o conseguir? Para que la cosa funcione los objetivos tienen que ser realistas. Marco Aurelio decía que el arte de la vida es más parecido a luchar que a bailar, y sin objetivos claros no tenés una lucha concreta que dé sentido a tu vida. Y una vida sin propósito no tiene aliciente alguno. Es dejar pasar el tiempo esperando la muerte.

—¿Y cómo se encuentra el propósito?

—Eso solo lo puede descubrir uno. Viktor Frankl decía que incluso si no tenés un propósito en la vida, eso mismo ya es un propósito: descubrir cuál es tu misión en la vida.

—Entiendo. ¿Cuál sería, entonces, la tercera estrategia?

—Te la voy a explicar con un juego... Imaginate que en

un futuro te hacen una estatua. Cerrá los ojos y visualizá qué pone en la placa. ¿Qué te gustaría que pusiera?

—No tengo la menor idea.

—Si no lo sabés, debés seguir buscando. En todo caso, le podés poner una placa provisional que diga: SEGUÍ BUS-CANDO. ¡Como en las bolsas de papas! —dijo, y se echó a reír—. La cuarta estrategia está relacionada con la anterior: Eliminá todo aquello que ya no te sirva. Muchas veces el miedo a la muerte esconde el temor a dejar asuntos pendientes. ¿Tenés algún problema con alguien? Perdonalo, perdonate y pasá página. Lo mismo en cuanto a los episodios del pasado. Se trata de vivir tranquilo.

—Esto me parece difícil —respondí—. Cada vez que pienso en mi mujer…, perdón, en mi exmujer, me invade la rabia y no sé qué hacer con ella.

—No sabés qué hacer con ella porque no te conocés, lo cual incluye tus emociones. Hasta que no sepás por qué te sentís así y qué necesitás, no vas a estar conectado con vos mismo.

—Ya, pero no tengo ni idea de cómo hacerlo. ¿También a través de la meditación? —me atreví a preguntar.

—Es una buena opción, sí —dijo apoyando las manos en las rodillas y levantándose con un suspiro—. La última y posiblemente más importante de las cinco estrategias es la aceptación. Es una palabra muy fuerte, «existe una realidad e infinitas formas de comprenderla, una por cada persona», esto ya lo decía Epicteto, y también es verdad que cuando aceptás las cosas te quedás en paz, con armonía interior. —Joel empujó sus gafas con el dedo hacia una posición más cómoda—. El secreto es preguntarnos cómo podemos aceptar a los demás si no somos capaces de aceptarnos a nosotros mismos. Los japoneses lo llaman *Wabi Sabi*, la belleza de la imperfección.

—No es fácil aceptar eso —protesté—. Nos han educado para buscar la perfección.

—La aceptación plena implica amar lo que sos, sin desear ser algo distinto.

El sendero avanzaba poco a poco bajo nuestros pies hasta convertirse en un espeso bosque. A lo lejos se podía apreciar un valle con el mar inmenso al fondo. Empecé a guardar todos esos recuerdos en mi cámara.

Íbamos progresando por aquel sendero agradable a través de los pinos que bordeaba la montaña lentamente. Aunque me notaba cansado, de momento el camino no era tan difícil.

Alice y Salvador iban en cabeza. Desde donde estaba, los oía hablar. Me pareció que ella le preguntaba: «¿Cuándo se lo dirás?». Él contestó con un lacónico «Ya veremos». Para huir de aquel tema que me intrigaba, se pusieron a hablar de lo importante que era proteger espacios como aquel para combatir el cambio climático.

—Los vapores olorosos que desprenden los pinos —dijo Salvador— forman una especie de aerosol natural sobre los bosques que refleja la radiación solar y favorece el enfriamiento del planeta. Además, es un catalizador para la formación de nubes.

Llevábamos ya seis horas de marcha, con una sola parada, cuando a lo lejos apareció el refugio donde pasaríamos la noche. Descansaba sobre un montículo al borde de un precipicio. Desde allí, las vistas al mar Egeo y el monte Pelión eran inmejorables. Me situé lo más cerca posible del mirador. Apoyado en la barandilla de seguridad, desde aquel balcón enorme podía tomar las mejores instantáneas.

Siempre había tenido vértigo: empecé a hiperventilar y se me aceleró el corazón. Respiré varias veces imitando un bostezo y, entonces sí, sentí que me bajaban las pulsaciones. «Funciona», me dije eufórico, pero, al perder el ritmo de la respiración, el corazón volvió a acelerárseme.

Hinqué una rodilla en el suelo mientras encuadraba el paisaje a través de la óptica de la cámara. La imagen recogía el monte y el mar. El cielo nuboso me recordaba un dibujo infantil con nubes de algodón.

—No te asustes. —Una voz suave me sacó de mis pensamientos—. ¿No quieres entrar en el refugio? Los demás están dentro.

Seguí a Alice hasta la casa de tejado verde y paredes de color crema. Estaba rodeada de pinos centenarios. El refugio contaba con un salón lleno de estanterías con libros, además de sofás y butacas para descansar y leer. Estábamos solos, así que lo teníamos todo para nosotros.

Salvador salió de la cocina con un gran hervidor de agua que puso en la mesa. Luego sacó un paquete de su mochila y nos invitó a sentarnos a su alrededor.

—He traído té para celebrar que hemos completado nuestra primera jornada. En Japón eso implica una ceremonia que promueva conversaciones interesantes entre los comensales. Los valores del *chanoyu* son la humildad, la serenidad, la simplicidad y la moderación.

Dicho esto, expuso el té en un platito para que todos pudiéramos verlo. Era de color oscuro, mucho más que el sencha que había tomado en la tetería. En realidad, solo había pasado un mes, pero me parecía una eternidad.

—Es un oolong o té azul —nos contaba Salvador—, una variedad muy típica de Taiwán.

—Tiene forma de bola —dijo Míriam acercando su naricilla al plato.

—Eso se consigue doblando la hoja y dejándola secar. Tiene un sabor muy peculiar: recuerda a las algas marinas.

A continuación, aterrizó en la mesa una gran jarra de cristal y unos vasos de chupito. Salvador no había encontrado nada mejor para nuestra ceremonia del té particular. Tras poner la hierba en la tetera, vertió agua caliente hasta llenarla. Las hojas bailaban en el líquido e iban mostrando todo su esplendor.

«Soy como una bola de té que necesita desplegarse y mostrar sus cualidades al mundo», pensé fascinado.

Tras servir los vasos, el maestro de té levantó el suyo y dijo:

—¡Por un viaje maravilloso hasta la cima!

El té era un poco más fuerte que el que había probado en Barcelona y tenía un sabor entre metálico y marino.

3 de agosto

REFLEXIONES DE UN ANSIOSO (III)

*Hoy he aprendido de Joel que hay que
aceptar la muerte sin miedo. El temor
a morir es muy incapacitante, y las
estrategias para afrontarlo son:*

- *Aprender a tolerar la incertidumbre.*
- *Vivir el presente y marcarte metas.*
- *Imaginar tu futuro y seguir buscando.*
- *Eliminar todo aquello que ya no te
  sirve.*
- *Aceptar aquello que nos viene dado.*

*La estrategia que mucha gente emplea
es evitar pensar en ello y huir de ciertos
lugares por miedo a que les ocurra algo.
Puedes acabar convertido en el personaje
de Woody Allen en Misterioso asesinato en
Manhattan, un hipocondríaco que, al menor
síntoma, piensa que le ocurre algo grave
y va a morir.*

*Yo no me he tomado nunca la vida así.
Aunque, pensando ahora en mi familia y mi
trabajo, mi actitud sí que es huir un poco
de todo. Me gustaría ser como Salva, al que*

parece que todo le resbala. A mí todo se me
hace una montaña muy difícil de escalar.
A lo mejor debería vivir un poco más en el
ahora, sin tanto miedo.
    Volviendo a lo que me decía Joel: si sé
que voy a morir, ¿por qué no tomo
conciencia de que ahora, en este preciso
momento, estoy vivo?

Al cerrar la libreta, vi que Salvador me miraba de reojo desde otra butaca. Levantó una mano para saludarme y yo le devolví el gesto con una pequeña inclinación de cabeza.

Luego cerré los ojos e hice diez respiraciones lo más lentas posible, con el fin de mitigar los pinchazos que me habían acompañado todo el día, incluso en aquel momento de paz. Sin embargo, en cuanto terminaba el ejercicio, los pinchazos volvían.

«Aún me queda mucho camino», me dije resignado.

De repente, un sonido misterioso penetró con fuerza en mis oídos.

«Será el viento», me dije inspirando para relajarme.

El gruñido se hizo oír de nuevo con más fuerza.

«Un animal. ¿Habrá osos en esta región?».

Si estuviera contando una historia de miedo, ahora sería cuando aparece el asesino y empieza a perseguirte por la casa. Me volví a tensar. Aquello sonaba con insistencia fuera de la casa, y cada vez más cerca.

—Son chacales, aúllan por las noches para comunicarse entre ellos. Han salido a cazar —dijo Hui, sentándose a mi lado.

Aún no había tenido oportunidad de hablar con él, así que desde mi ignorancia le pregunté:

—¿Son peligrosos?

—Para nosotros no. Aunque no te recomiendo que salgas a dar un paseo en soledad. Si te pillaran en medio del bosque, mañana encontraríamos tus trocitos por la arboleda.

Mi corazón se aceleró aún más y me entraron unas ganas locas de ir al baño. Sabía que todo aquello era mental, como Alice me había explicado, de modo que me puse de nuevo a respirar para aguantar el tipo como pudiera.

—Pertenecen a la familia de los lobos, ¿sabes? —continuó Hui—. Son muy inteligentes, pero puedes estar tranquilo. Son carroñeros y, cuando cazan, lo más común es que vayan a por liebres, aves, reptiles, cosas así. No son más grandes que un zorro, para que te hagas una idea. Solo te estaba tomando el pelo.

Me quedé algo más tranquilo después de esta segunda explicación. Vi que Joel venía hacia nosotros desde el fondo del comedor.

—¿Escucharon ese ruido?

—Sí, no te preocupes —respondí—. Hui dice que son chacales.

Joel me tomó del brazo y pidió perdón a mi contertulio por llevárseme al otro lado del salón.

—Esta es una maravillosa oportunidad para cerrar mi

explicación de esta tarde sobre el miedo. Hacé el favor de escuchar, ya que de otro modo no voy a poder dormir. Tengo dos preguntas para vos. La primera: ¿Sentiste ansiedad cuando escuchaste el sonido misterioso?

—Sí, en la barriga.

—Bien. Pregunta número dos: ¿La dejaste de sentir cuando supiste que eran chacales?

—Sí, en parte sí...

—¡Ajá! ¿Te das cuenta de qué significa eso? —dijo Joel entusiasmado—. Todo está en la mente. En el conocimiento está la llave que abre la puerta de la felicidad. Cuando escuchaste el ruido sin saber de qué se trataba, sentiste pánico. ¿Y sabés de dónde viene la palabra pánico?

Negué con la cabeza. Empezaba a comprender que cuando Joel se ponía a contar batallitas era mejor no interrumpirlo.

—Pánico viene de Pan. Y en esta montaña donde nos encontramos nació un pibe con pies de cabra y cuernos que coronaban su cabecita rechoncha de bebé. Nada más salir de la panza de su mamá, tenía una larga barba blanca. En otras palabras, que era muy feo. Lo trajo acá Hermes, su padre, para alegrar a los dioses, y Dionisio se encariñó con él. Pan tenía por costumbre perseguir a las ninfas de los bosques, que al verlo llegar con esa pinta huían despavoridas, aunque no siempre con éxito. Pan era ágil y astuto, pero sobre todo era silencioso y aparecía de repente sin que nadie pudiera anticiparlo.

—Como el miedo, ¿no? —respondí.

—Exacto. Además, Pan hacía ruidos extraños al perseguir a sus presas. Entre eso y su pinta, se hizo famoso por asustar a todos. Como su habilidad para inspirar terror repentino era bien conocida, a veces dejaba de dormir la siesta o de saciar su apetito sexual, que eran sus actividades favoritas, para ayudar a los ejércitos griegos en las batallas. La tradición cuenta que fue su sola presencia, y no la ferocidad de los atenienses, la que desarmó las filas persas en la batalla de Maratón. Así que ninfas, aldeanos, viajeros, incluso los persas sufrieron lo que los antiguos griegos llamaban *panikon*, el terror súbito que causaba Pan cuando aparecía. De ahí viene la palabra pánico.

—Encantado de conocerle. Por fin puedo ponerle nombre a ese malnacido.

—No podemos conocer a Pan así como así —prosiguió Joel—. Es decir, no podemos sufrir pánico de cualquier manera. Solo podemos conocerlo a través del origen de todos los miedos: el peligro, aunque sea infundado, como los sustos que le pegaba Pan a las ninfas. Y aquí tenemos otra linda palabra griega. *Peiras* se utilizaba para designar algo hermoso. Además de traducirse como «peligro», se traducía como «prueba», «tentativa» o «intento». Es decir, si no te enfrentás al peligro, jamás superarás el pánico a lo desconocido y, en consecuencia, no podrás pasar las pruebas que te llevarán al éxito. Si no lo intentás, perdiste.

9

El despertar de la fuerza

Salí a la noche fresca y agradable. Jamás había visto un cielo tan repleto de estrellas. Encontré a Salvador cerca de un árbol, sentado en una roca plana. Tenía los ojos entrecerrados y sus manos reposaban sobre sus piernas cruzadas. A su lado había otra roca que me invitaba a sentarme. Me quedé unos minutos admirando su inmovilidad. «Ni pestañea», pensé.

Ocupé la roca plana contigua. No sabía meditar, pero me senté imitando su postura. Era incapaz de doblar las piernas como él, así que me coloqué en posición de indio, como cuando de pequeño iba de campamentos.

Empecé a respirar profundamente y a visualizar el recorrido del aire en mi cuerpo tal como había aprendido. Noté que era fresco al entrar por las fosas nasales y cómo poco a poco descendía por el pecho hasta el abdomen. La barriga se llenaba y sentía la necesidad de expulsar el aire de golpe, aunque sabía que no era la manera correcta de hacerlo. Me esforcé en soltarlo todo lo despacio que pude.

A la quinta ronda sentí que mi cuerpo se destensaba.

Los hombros se despegaron de mis orejas y la presión en el pecho desapareció.

Empecé a prestar atención al entorno. A lo lejos se seguían oyendo los aullidos de los chacales. Una brisa templada me acariciaba la cara mientras los árboles susurraban palabras incomprensibles con el vaivén de sus hojas.

Sentía más calor en la parte derecha del cuerpo, donde Salvador estaba sentado. Me sorprendió percibir el calor humano, ya que estábamos a un metro de distancia. Al rato, sentí como si Salvador me tocara el hombro con la mano. ¿Era aquello una conexión sobrenatural?

Como si mi amigo me acabara de leer el pensamiento, de repente susurró:

—Las personas absorbemos la energía de los demás. Eso explica por qué a veces, con según qué gente o entorno, nos sentimos incómodos.

Me sentí tentado de abrir los ojos y mirar a mi interlocutor, pero me contuve. Algo más fuerte me decía que lo correcto era quedarme estático y escuchar.

—Estamos continuamente influenciados por las energías del entorno —prosiguió Salvador—. Las flores necesitan agua y luz para crecer, y las personas no somos diferentes. Tu cuerpo físico es como una esponja que absorbe parte de lo que gravita en el ambiente, incluso aquello que no se ve. Nos contagiamos de la energía que desprenden otros organismos para alimentar nuestro estado emocional. Me ha costado empezar a percibir tu energía, Miqui, porque irradia aún poca fuerza. Ahora sigue respirando y escucha tu cuerpo. Dime si te sientes cansado o vital.

Tomé una bocanada de aire y volví a centrarme en la respiración. Hice un escáner físico: observé mi espalda, mi pecho, mis brazos y piernas, mis dedos; los notaba entumecidos, como si no los pudiera mover.

—Me siento muy cansado —admití.

—Es normal. Si te escuchas a diario, te darás cuenta de que estás permanentemente cansado. No combates tus ladrones de energía y eso te dispara la ansiedad. Hay cuatro aspectos que cuido con mimo para tener siempre una energía correcta: la alimentación, el sueño, los horarios y el ejercicio integral. Ahora hablaremos de eso. Si cuidas y mimas estos aspectos en tu día a día, te sentirás como un chaval, por muchos palos que te dé la vida.

Asentí en silencio, tratando de absorber todo lo que Salvador me estaba enseñando.

—Cuida tu alimentación, come variado y nunca en exceso. La mayor parte de la población tiene sobrepeso, por eso todo el mundo está tan cansado.

»Cuida tu sueño. Duerme ocho horas e intenta que sea siempre en el mismo horario.

»Cuida tus hábitos. Come a la misma hora y cena temprano. Ten presente qué toca hacer en cada momento, tu cerebro te lo agradecerá.

»Cuida tu ser. Haz deporte todos los días. No hace falta mucho rato, veinte minutos es suficiente. Medita, también, y practica ejercicios para conectar con tu alma.

—Amén —dije para quitarle solemnidad al discurso.

—Estos cuatro principios te cambiarán la vida antes de lo que crees. Si empiezas mañana, en dos meses te sentirás como Superman. Pero hay algo más importante aún...

—Soy todo oídos, maestro Yoda.

—Necesitas tener un propósito vital que haga que te levantes motivado por la mañana. Si tienes un trabajo que no te gusta, una pareja que no te entusiasma y una vida que no te llena, te sentirás siempre vacío y cansado, apático y sin ilusión. Cuando tu vida no te llena, necesitas constantemente estímulos externos que te permitan evadirte, distraerte de tu insatisfacción: beber alcohol, fumar, salir de noche, buscar alivio sexual con cualquiera. Esos estímulos te dan lo que yo llamo microfelicidad.

—¿Qué hay de malo en eso? —protesté—. Si estás solo y libre de compromiso...

—La microfelicidad por sí sola genera mayor cansancio y una insatisfacción permanente. Mi antiguo yo vivía enganchado a esos estímulos y siempre me sentía agotado e infeliz. —En este punto, se puso de pie y dijo—: Se ha hecho tarde. Quedamos mañana a las seis aquí mismo.

10

El secreto del cuatro por cinco

Cuando sonó la alarma del móvil, me incorporé de un salto y abrí la ventana. Levantarme temprano nunca había sido difícil para mí. El sol no asomaba aún por el horizonte y el aire era fresco. Estuve un rato respirando profundo. Hui estaba sentado bajo el mismo árbol donde habíamos estado la noche anterior con una taza humeante en las manos. Sorbía despacio el líquido que supuse era café. Enseguida llegó Alice y estuvieron hablando un rato. Desde donde yo estaba era imposible oírlos. Sentí curiosidad por el tema de la conversación.

Luego Salvador salió a escena con dos tazas calientes en las manos. Ofreció una a Alice y miró hacia mi ventana. Era imposible que me viera en la oscuridad, pero sentí como si me dijera: «¿A qué esperas para salir?».

La rutina matutina empezó con unos estiramientos suaves que trabajaban el cuerpo desde la cabeza hasta los pies. Después seguimos con lo que Salvador llamaba cuatro por cinco, ya que constaba de cuatro ejercicios de cinco minutos: estirar los músculos y relajar el sistema nervioso; activar la circulación y calentar el cuerpo; respirar y controlar el ritmo cardiaco, centrar la mente y limpiarla del ruido interior.

Me llamó mucho la atención el tercer ejercicio, en el que Salvador nos hacía danzar con un vaivén lento y armónico. Los movimientos parecían sacados de *Bola de dragón*. Desplazábamos las manos a la altura de la cintura hacia delante y hacia atrás con gran lentitud. Al hacerlo, sentía que las palmas y la parte interior de los dedos empezaban a calentarse, y, si acercaba una mano a la otra, una bola invisible me impedía juntarlas.

Cerré los ojos y me centré en esa sensación. Todo mi cuerpo desprendía calor y estaba mucho más sensible a todo lo que me rodeaba: al viento que silbaba, a los pájaros que cantaban a compás. Notaba el calor que desprendían mis compañeros; incluso me parecía verlos con los ojos cerrados.

Los percibía como siluetas de fuego. ¿Había algo de cierto en ello o todo era cosa de mi imaginación divirtiéndose?

De repente, dejé de ver las figuras y abrí los ojos. Los demás habían terminado con los ejercicios y desperezaban el cuerpo después de la práctica. A continuación, nos sentamos para finalizar la rutina con una meditación muy breve.

—Vas a pensar que estoy loco, Alice —le comenté al terminar—, pero he sentido cosas muy raras haciendo esos ejercicios.

—Se llama qigong. Traducido literalmente del chino sería «práctica para mover la energía».

—Pues supongo que me he pasado moviéndola. Porque os he seguido viendo mientras tenía los ojos cerrados. ¿Será que tengo superpoderes?

—Preséntate como héroe a la Marvel —bromeó ella—. Salva podrá decirte algo de esto. Él desarrolló muchos de esos superpoderes en sus viajes a China.

Después del desayuno, comenzamos la ascensión a la meseta de las Musas, uno de los lugares más bellos que haya visto jamás. Una gran explanada verde donde tenía la sensación de que, si me ponía de puntillas, tocaría las nubes. En el centro, una gran roca en forma de vela de catamarán presidía aquel lugar digno de los dioses.

El camino era más duro que el día anterior. Pude fotografiar todo el paisaje en panorámica desde el primero de los picos que coronamos. Sentía un poco de vértigo, pero eso no era nada comparado con lo que me esperaba.

Sucedió cuando caminábamos por una estrecha cresta llamada Laimos. Jamás olvidaré ese nombre. Avanzábamos en fila india y, por lo que había comentado Míriam, serían cuatro horas caminando por el filo del abismo.

Yo iba detrás de la guía. Detrás venía Joel, que silbaba desde hacía rato una canción de niños escolta. A continuación, Hui, Alice y, cerrando la marcha, Salvador. Parecíamos la Comunidad del Anillo.

«Sin duda, Joel sería Gandalf, pero ¿quién sería yo?», pensé.

De vez en cuando, me atrevía a echar la vista atrás para sonreír a Alice y mirar a Salvador. Me preocupaba un poco. No lo veía muy en forma cuando caminaba, aunque tenía un aspecto físico inmejorable.

«Es curioso —me dije—, ayer me estaba enseñando los secretos para no vivir con fatiga y, míralo ahora, parece que no pueda con su alma».

Además de pensar en eso, mi cabeza me decía todo el rato: «Te vas a caer», y yo intentaba no hacerle caso. Sin embargo, ella iba ganando terreno y cada vez que miraba el precipicio, cosa que intentaba no hacer, mi corazón se aceleraba y mis cervicales se tensaban. Con la mano derecha iba tocando la pared rocosa para tener la sensación de que estaba agarrado a algo.

Hasta que la vista se me empezó a nublar. Sentí que el suelo oscilaba y, de repente, dejé de ver más allá de mi nariz y mi peso se desplazó peligrosamente hacia el abismo.

Estaba a punto de despeñarme cuando unas manos me agarraron de la mochila con determinación.

—Te tengo —dijo Joel—. ¿Estás bien?

—No, me he mareado.

—¡Descanso!

Al grito de Joel, nos detuvimos en una pequeña planicie cercana. Allí había unas rocas en forma de U ideales para sentarse. Decidimos sacar las barritas energéticas y desayunar.

Alice se sentó a mi lado y me puso la mano en la espalda para hacerme masajes circulares.

—¿Cómo estás? ¡Menudo susto me has dado!

Me regaló un beso en la mejilla que me acabó de tranquilizar.

Pasados treinta minutos, me sentía mucho mejor y pude acercarme a Joel para agradecerle su acto heroico.

—Bah, no hay nada que agradecer. Hubiera sido mucho más difícil y caro rescatar tu cadáver de estas hermosas montañas. Acordate lo que te dije de Pan: tenemos que ganarle la partida. Escuchá, te voy a contar otra historia sufí para que te inspire cuando retomemos el camino.

La voz serena de Joel logró aliviar el miedo que me atenazaba desde mi casi caída.

—Un rico mercader atravesaba el desierto cuando, de pronto, se encontró con la Muerte. Sí, ¡otro cuento sobre la muerte! —se anticipó Joel—. ¿O no es a lo que le tenés miedo?

»Y se extrañó de encontrarla en aquel lugar —siguió Joel—. "Detente, Muerte, ¿adónde vas tan deprisa?". "Voy a Bagdad. Pienso llevarme cinco mil vidas con mi guadaña esta misma noche".

»Pasaron los días y el mercader volvió a encontrarse en el desierto con la Muerte, que regresaba de la ciudad. El mercader se llenó de valor para dirigirse a ella y hacerle saber que estaba muy enojado: "¡Me mentiste! ¡Dijiste que te llevarías cinco mil personas y murieron cincuenta mil!". A lo que la Muerte contestó: "Yo no te mentí. Es cierto que segué cinco mil vidas, pero a los demás los mató el miedo".

—Entiendo. ¿No es lo que los psicólogos llaman pánico anticipatorio?

—Tal cual, el mensaje del cuento está claro: dejá de sufrir y disfrutá del momento. Tenés unos paisajes hermosos a tu alrededor y una mujer fascinante en la expedición... —dijo mirando de reojo a Alice, que tomaba notas en un bloc a cierta distancia—. No te avergoncés, ¿te pensás que no me fijé en cómo se miran?

11

Dimisión en la misión

El refugio de Kakalos era una pequeña casa de piedra vista en medio de la montaña. A diferencia de nuestro anterior refugio, reposaba encima de una gran explanada donde acampaban muchos otros montañeros. En ese instante me di cuenta de que nosotros disfrutábamos de muchos lujos que otros caminantes no se podían permitir. Tras descargar las mochilas en nuestras literas, tomamos el té de la tarde.

El refugio constaba de tres habitaciones para seis huéspedes cada una, una pequeña cocina y un salón con una mesa ovalada en el centro, ideal para compartir las experiencias del ascenso con otros aventureros. En la pared del fondo, un viejo mueble albergaba libros, revistas y alguna que otra guía de viaje. A la derecha había un corcho lleno de papeles clavados con chinchetas con saludos y agradecimientos en todas las lenguas posibles, y alguna recomendación de las aventuras que podían vivirse en la zona.

Aquella tarde no había nadie más que nuestro equipo de expedición, así que teníamos el salón para nosotros.

Me aparté del grupo sin llamar la atención y, junto a

Alice, nos retiramos a un cuarto donde había un sofá de dos plazas y un televisor de los noventa.

—¿Qué tal van tus superpoderes? —me preguntó Alice.

—Aún no los domino del todo. ¿Podría guiarme un poco, maestra?

Mi comentario consiguió sacarle una sonrisa.

—Todo a su tiempo —soltó ella con afecto—. En los ejercicios de esta mañana has respirado y te has centrado en la mente, moviéndote con suavidad. Aquí entran en juego dos hormonas. La dopamina te ayuda a poner foco y la oxitocina refuerza los vínculos emocionales.

—Y la meditación ayuda a dormir. ¡Me da un sueño!

—No es esa la finalidad —dijo con una sonrisa—, sino que dejes de rumiar y preocuparte. Ahora bien, de ahí a que desarrolles poderes...

—Pero ¿no decía un tipo que los lamas levitan? Mi padre tenía ese libro..., de Lobsang Rampa.

—Sí, era de mi país. El hijo de un fontanero que no hablaba una palabra de tibetano.

Ambos reímos.

La atracción que sentía por Alice era real, pero sin duda ella solo intentaba ser amable. No tenía sentido hacerme ilusiones.

Mientras pensaba en todo esto, empecé a sentir un hormigueo en la mano izquierda y, a continuación, una presión fuerte en el pecho. ¿Puede el enamoramiento disparar la ansiedad?

Me sacó de mis pensamientos una mirada profunda de color verde. Alice me miraba como si intentara ver mi alma en el fondo de mis ojos. Algo me decía que ella esperaba una respuesta, pero con mis ensoñaciones había perdido el hilo.

Nuestros rostros se acercaron despacio, como dos imanes que se aproximan por la fuerza de la atracción, en busca de un suave contacto entre nuestros labios. Sin embargo, justo antes de la toma de contacto, giré la cabeza ofreciendo mi mejilla como objetivo final.

Sin dejarse desalentar, sus manos recorrieron mi espalda hasta atraparme en un abrazo. Sintiendo su pecho contra el mío, cerré los ojos y oí el rápido latido de su corazón. El mío batía como un tambor de guerra.

Le susurré al oído un «gracias», no sé muy bien por qué, y me retiré con elegancia.

La expresión de Alice pasó de la sorpresa a cierta decepción. Sin embargo, pronto se recompuso y dijo:

—Voy a darme una ducha.

4 de agosto

REFLEXIONES DE UN ANSIOSO (IV)

Sin duda sigo siendo el mismo «pagafantas» que en la universidad. Nunca me he atrevido a lanzarme con las mujeres. «Falta de masculinidad», me dijo un psicólogo una *vez. A lo mejor por eso Maite me ha dejado. Seguro que ahora está con un cachas de su gimnasio.*

En cambio, yo he visto esta tarde cómo se apagaba la luz en los ojos de Alice. ¿Por qué me he echado atrás? Nada me apetecía más... Ni yo me entiendo.

Mejor me centro en mi aprendizaje.

Hoy he aprendido mucho sobre la ansiedad y he empezado a enfrentarme a ella. Aun sufriendo miedo y conviviendo con mis síntomas, he podido hacer todo el camino y terminarlo.

Casi me mato, eso sí. De no ser por Joel... Gracias a él, que no para de contar cuentos, estoy aprendiendo que el pánico anticipatorio es peor que exponerme a la situación que me da miedo.

Sin ir más lejos, hoy he tenido miedo a caer montaña abajo. Y ha sido ese miedo el que casi me hace matarme. Conclusión: el miedo mata más que el peligro que temes.

Cuando vuelva a casa, me he propuesto empezar a practicar la rutina de cuatro por cinco: estiramientos, cardio, qigong y meditación. Empiezo a creer que esos ejercicios me harán desarrollar superpoderes.

*No sé cómo aplicaré todo esto al volver
a casa. Cuando tenga a los niños, estaré
solo y reclamarán toda mi atención. Y mis
horarios me hacen correr de un lado para
otro. Veo difícil encontrar un hueco para
hacer esto todos los días.
Aquí, por ahora, estoy empezando cada
mañana con ellos.
Por el momento me centraré en objetivos
más a corto plazo. Quiero dejar de hacer
el primo cuando una mujer hermosa se me
eche encima.
Ojalá tenga una segunda oportunidad.*

Tras cerrar el cuaderno, me quedé un buen rato en mi rincón mientras los otros charlaban sobre mitología griega. Joel contaba cómo Zeus y los doce olímpicos se instalaron en el monte después de ganar la guerra contra los titanes y derrotar a Cronos, padre de Zeus. Les explicaba historias maravillosas sobre cómo escondieron a Zeus y cómo este rescató a sus hermanos, que habían sido engullidos por el padre.

Joel les hacía reír con su vis cómica al narrar esas historias que muchos otros habían contado centenares de años antes en ese mismo lugar.

«¿Cómo puede ser que yo no sea capaz de estar tan relajado como ellos? —pensé—. Soy el único que sufre esta mierda de ansiedad que no me deja vivir».

Confirmando mis lamentaciones, sentí un retortijón en la barriga y tuve que ir corriendo al baño.

No estaba muy católico, así que me fui a mi litera para intentar dormir. No tenía hambre esa noche. Lo que había estado a punto de pasar con Alice me torturaba. Necesitaba dormir, desaparecer.

Puse el despertador a las cinco y media para estar listo a las seis para mis ejercicios con el grupo. Me tumbé en la cama y empecé a respirar como había aprendido los últimos días. Me quedé dormido al momento.

Me desperté con un sobresalto. Estaba todo oscuro. Vi en el teléfono que eran las doce de la noche. Podía oír a mi alrededor a mis compañeros dormidos. Alguien roncaba a un volumen capaz de despertar a los dioses.

Intenté coger el sueño de nuevo, pero me fue imposible. Pasada una hora, me levanté y fui al salón. Tal vez leyendo una revista o un libro consiguiera que el sueño volviera a mí.

En el salón encontré varias revistas en griego y algunos libros en inglés. Estuve hojeando una revista de coches un rato. Mostraba novedades de hacía como mínimo cinco años en el mundo de la automoción. Pensé en mi Audi TT y lo bien que me hacía sentir ese coche. Inevitablemente me acordé también del R5 que nos había llevado a Alice y a mí hasta el hotel el primer día.

No se podían comparar, pero, pensándolo bien, el pequeño Renault de los setenta cumplía su función: llevarnos de un sitio a otro. Eso me hizo pensar en mis verdaderas necesidades.

«¿Qué pasaría si me presentara en el trabajo con un coche como ese, en vez de con mi Audi deportivo? Aparcaría más fácil, eso seguro».

¿De cuántas cosas podía prescindir? ¿Cómo podía simplificar mi vida para ir más ligero de equipaje?

La famosa frase «menos es más» tiene su origen en la arquitectura moderna, aunque hoy en día se aplique a todo.

«El pequeño coche de los setenta me permite muchas cosas que con el Audi no son posibles. Le falta la radio, lo que me permite concentrarme en la conducción, con menos riesgo de accidentes. Me libera de otra cosa que me provoca mucha ansiedad: la necesidad de aparentar y de querer siempre más. Me permite ir más despacio, ya que no pasa de cien, y eso me libera de las prisas. No tiene ningún sentido este ritmo febril. Vamos demasiado apurados y estresados. Trabajamos mil horas para pagar facturas y la vida se nos va en eso. Correr de una actividad a otra, de urgencia en urgencia, pero ¿para qué?».

—¿Insomnio? —La voz de Joel me sacó de mis pensamientos.

—Sí. ¿Tú tampoco puedes dormir?

—Estoy dándole vueltas a un asunto y no consigo pegar ojo. Además, en la pieza hay alguien que no para de roncar. No se lo digás, pero creo que es Salvador. ¿Y vos qué andás pensando?

—Estaba haciendo inventario de todas las chorradas que no necesito en mi vida. Miro mi existencia y me parece que nada tiene sentido.

—¡Genial! Dejame, entonces, que te cuente una última historia. Estos dos días estás siendo un muy buen alumno.

—No tiene por qué ser la última. Me gusta escucharte y nos quedan aún varios días de camino.

—Para mí no.

Me quedé mudo ante esa noticia.

—Ya hablé con Salvador —continuó Joel—. No tengo ganas. A medida que vayan ganando altura, van a ir encontrando nieve. ¡Lindo veranito! Prefiero volver al pueblo para escribir lo mío en la comodidad del hotel. La mitología no cambia porque vaya allí arriba. Mañana cuando se levanten, yo voy a estar bajando.

Me di cuenta de que Joel iba vestido y tenía la mochila al lado. Lo tenía todo preparado para su regreso.

—¡Qué pena! Me ha encantado conocerte, en todo caso. Pero ¿piensas volver a oscuras tú solo por esa cresta por la que hemos venido?

—Tengo una linterna muy potente, no te preocupes. Y un sentido de la orientación muy desarrollado. Soy como MacGyver: me das un chicle y te arreglo un camión.

Joel encadenaba las frases para que no pudiera rebatirle, así que no le pregunté nada más.

—La historia que quiero contarte trata sobre lo que realmente necesitamos para ser felices y encontrar el camino del Tao. Ahora vas a ver...

»Un hombre fue a visitar a Chuang Tzu, un viejo sabio taoísta, y le expuso su situación: "Soy muy desdichado, maestro. Enséñeme el camino del Tao para alcanzar la felicidad".

»"Antes de enseñarte cuál es el camino del Tao, necesito saber por qué sos infeliz", le dijo Chuang Tzu.

»"Soy infeliz porque no tengo nada", respondió el hombre mostrándole las manos vacías.

»"Tenés dos manos. No es cierto que no tengás nada".

»"Pero no tengo casa", se quejó el hombre.

»"Vivís en tu cuerpo. Esa es tu verdadera casa".

»"Soy infeliz porque estoy solo", dijo entonces el hombre.

»"Vivís con vos mismo. ¿Qué mejor compañía podrías tener?".

»Desarmado, el hombre se arrodilló y suplicó:

»"Por favor, ¡enséñeme el camino del Tao!".

»"Vos no necesitás el camino del Tao" dijo Chuang Tzu con una amable sonrisa. "¿Para qué? Tenés todo lo que deseás y ya sos completamente feliz".

—Gracias, Joel. Es un gran cuento. Por cierto, ¿sabes que vinimos hasta aquí en un Renault cinco y que no tuvimos problema?

Joel me dio un golpe cariñoso en el hombro. Luego salió, cerrando la puerta del refugio a su espalda.

12

Tus cinco mensajeros

Cuando volví a abrir los ojos, estaba solo en la habitación. Todos se habían ido y el sol estaba muy alto. Alarmado, vi en el móvil que eran ya las ocho. Avergonzado, me vestí y bajé corriendo al comedor. Los demás estaban ya desayunando tras los ejercicios de la mañana. Mi cuatro por cinco había hecho aguas al segundo día.

«Tal vez esta fue una de las razones de Maite para dejarme por otro», me dije al recordar que había prometido levantarme más temprano para encargarme yo del desayuno de los niños. Lo hice durante una semana; la siguiente, desistí. «Voy demasiado cansado», me justifiqué ante mi exmujer.

Lo mismo había sucedido cuando me apunté a un gimnasio nuevo al lado de casa hacía un año. Durante un par de semanas corrí todos los días veinte minutos en la cinta, seguidos de diez minutos de jacuzzi. La tercera semana fui a correr dos días y siete al jacuzzi. La cuarta fui solo al jacuzzi. Seguí pagando, pero dejé de ir con la excusa de que, entre los niños y el trabajo, no tenía tiempo.

Y en ese momento fallaba en la rutina matinal. Me dije que Salvador estaría cabreado conmigo y que Alice se habría llevado una buena decepción.

«Pero ¿sabes qué?, que me da igual. Sus rutinas estúpidas no sirven para nada. Hace ya demasiado tiempo que sufro esos síntomas. Tal vez no son ni ansiedad, quizá es algo chungo del corazón y estoy haciendo el imbécil».

Al llegar al comedor, me serví un café e intenté fingir indiferencia.

—Buenos días, dormilón —me dijo Alice con una sonrisa.

—¿Has tenido insomnio? —me preguntó Salvador desde el otro extremo de la mesa.

—Pues sí. No podía dormir y estuve hablando con Joel hasta tarde.

Sentí que me ruborizaba, pero no dije nada de la marcha del historiador. Sabía que Salvador estaba al corriente, pero era posible que el resto del equipo no supiera nada. En todo caso, pensé, no me correspondía a mí dar esa noticia.

Terminamos el café y comimos de un bufete compuesto de pan tostado con queso y aceitunas, miel o mermelada, fruta, huevo duro y yogures tradicionales.

—¡Empezamos los ejercicios! —anunció Salvador para mi sorpresa.

No pude articular palabra. Acababa de darme cuenta de que me habían esperado para hacer los ejercicios juntos. Habían abandonado su horario para que yo pudiera participar con todos. En ese preciso instante, mi mente hizo un clic. Creo que, por primera vez en mi vida adulta, me sentí querido.

La mañana era clara y había refrescado. Sentí la hierba verde bajo mis pies mientras nos dirigíamos a la zona donde practicaríamos la rutina ese día.

—¿Sabes? Podrías hacer mucho mejor los ejercicios de la mañana —disparó Hui, que caminaba a mi lado.

—Hombre, muchas gracias —le respondí en un tono irónico.

—De nada. No te preocupes, a mí al principio también me pasaba. Con el tiempo entendí que los hacía mal porque intentaba hacerlos bien.

Dicho esto, apretó al paso y me dejó con la incógnita de qué había querido decir con eso.

Era una mañana fría para ser verano. Habían avisado de que incluso podía llegar a nevar en las zonas altas de la montaña, y estábamos ya a más de dos mil metros de altura.

Ese era uno de los motivos que había aducido Joel para abandonar la partida, aunque yo sospechaba que había algo más.

Nos dirigíamos al pico Scolio, el tercero más alto del monte Olimpo. El camino era fácil y nos permitía charlar tranquilamente durante la marcha. Íbamos parando para fotografiar el paisaje y tomar notas sobre lo que veíamos. Mientras tanto, el equipo de grabación que nos perseguía iba entrevistando a los miembros de nuestra pequeña partida. A mí aún no me habían atracado micro en mano; tal vez no tuvieran nada que preguntarme.

Al ver a Hui sentado bajo un pino, tecleando en su portátil, fui a interrumpirlo para que me aclarara nuestra anterior conversación. A fin de cuentas, solo llevaba dos días en aquello.

—No es cuestión de tiempo, sino de hacerlo tuyo. Tienes que dejar de copiar los movimientos de los demás y hacerlos a tu manera.

—No sé si te entiendo. Todos hacéis los mismos ejercicios, ¿no?

—Son iguales solo en apariencia; interiormente son muy distintos. Estás aún rígido. Demasiada autoexigencia, quizá. Si te apetece, luego te enseño qigong tal como lo aprendí en el pueblo de un tío mío. Seguro que te gustará. ¡Prometo no ponerte a pintar vallas ni a encerar coches!

Me reí al pillar la referencia a *Karate Kid*. Los dos debíamos de ser de los ochenta, y pensé que por allí nos podíamos entender.

Hui observaba en la lejanía unas cabras que escalaban el monte con gran facilidad y escribió algo en su ordenador. Me explicó que eran una especie en peligro de extinción. A mis ojos se parecían más a los ciervos que a las cabras, al menos a esa distancia.

Disparé unas fotos con el teleobjetivo y seguimos caminando hacia la cima del Scolio. Allí pararíamos a disfrutar de las vistas y comernos los bocadillos que habíamos preparado en el refugio.

Aproveché esas horas de ascenso para acercarme a Míriam. Casi no había cruzado palabra con ella. Era la única, aparte de Joel, que no hacía los ejercicios por la mañana, y eso me intrigaba. Además, la noche anterior, gracias a mi insomnio, había buscado información sobre ella en mi smartphone.

Míriam había sido varias veces campeona del mundo de carrera de montaña, *sky running* y escalada. Y además era autora de un libro titulado: *Teoría del esfuerzo, un concepto primordial para ser feliz.*

Como Hui me había sacado el tema de la autoexigencia, decidí charlar con ella.

—¿Te puedo hacer una pregunta, Míriam? Me gustaría saber cómo puedo tener más fuerza de voluntad. Veo todo lo que tú has conseguido a nivel profesional y me gustaría saber cuál es el secreto. Y no porque quiera ser Kilian Jornet, sino para aplicarlo a la vida.

Tras pensarlo un instante, se pasó la mano por el pelo corto de color castaño y dijo:

—Si tuviera que darte dos consejos te diría que las dos claves para tener fuerza de voluntad son equilibrio y autoestima.

—Ya, pero ¿cómo tenerlos? En el tercer día de nuestro entrenamiento ya no he sido capaz de levantarme, y eso me hace sentir fatal y me quita las ganas de seguir luchando. ¿Tienes algún desatascador para la voluntad?

—En un rato te respondo a eso. No sé si te has dado cuenta, pero hemos alcanzado la cima. ¡Hay que celebrarlo!

Un paisaje majestuoso se extendía ante nuestros ojos: verdes y marrones se entremezclaban en la roca de la montaña y, junto al azul celeste del cielo, formaban un cuadro digno de retratar.

Salva sacó de la mochila una botella pequeña de cava. La agitó como si acabara de hacer pódium en el gran premio de Montecarlo y empezó a rociarnos con la bebida espumosa. Los demás aplaudíamos y nos abrazábamos con cara de felicidad, felicitándonos por el logro.

Durante la celebración por haber coronado el tercer pico más alto del monte Olimpo, Míriam nos comunicó que esa era nuestra cima particular. A partir de ese momento ya iríamos de bajada.

Pensé que había sido una ruta para todos los públicos. Yo, con mis miedos, había tenido momentos difíciles, pero cualquiera podría haber hecho esa excursión en familia. ¿Qué celebrábamos? Esa pregunta me rondaba la cabeza mientras los demás reían bajo la ducha de champán. Me parecía que nada tenía sentido. ¿Por qué aquella excursión? ¿Por qué el rollo del documental? A nadie en su sano juicio podía interesarle un documental sobre cinco cuarentones de excursión por la montaña.

Me sentí un poco decepcionado: creía que íbamos a coronar el pico más alto del Olimpo y que sería una tarea compleja y esforzada, pero posiblemente se trataba de disfrutar del camino, tal como nos recordaba siempre Salva.

Fotografié las otras dos cumbres: Mytikas y Stefani. El cielo estaba claro, y no había nieve en las cimas como había temido Joel. Con el vaso de cava en la mano, Salvador se dispuso a dar un discurso para los presentes. Los cámaras que cubrían la expedición tomaron posiciones estratégicas, como si supieran que venía algo importante. Antes de empezar, Salvador contempló el cielo durante unos minutos en silencio. Unas nubes ocultaron el sol en ese instante, y la luz perdió intensidad. Nuestro amigo quedó envuelto por una luz amarilla mientras el azul del cielo se oscurecía. «Seguro que está encantado con la puesta en escena», pensé.

—Estos últimos años me he dado cuenta de que la vida se escapa, se va minuto a minuto. Ojalá pudiera comprar por internet días de vida, pero es imposible. Hay que luchar para ganársela y vivir cada instante para darle significado.

»Cuando llegas a la cima, al final, te preguntas qué has hecho de valor en este mundo, si has peleado por tus sueños o has permitido que el tiempo se te escurra entre los dedos. A mí me ha costado muchos años y muchos golpes aprender lo siguiente: no es cuestión de suerte, ni de talento, es cuestión de foco. No es un dios ni el universo el que hace que las cosas sucedan.

»Aquí estamos, en la cima desde la que los antiguos dioses gobernaron el mundo, pero no se ven por ningún lado. ¿Sabéis que veo? A un grupo de personas que han trabajado para llegar hasta aquí y han crecido en cada uno de los pasos que han dado.

—¿Y qué necesitas para tener foco? —dije, atreviéndome a interrumpirlo.

—Conocerte muy bien, conocer tus fortalezas y tus debilidades. Ah, y la magia de la triple S.

—¿Qué magia es esa? —preguntó Alice, divertida.

—Seguir, seguir y seguir.

La fórmula recibió una salva de aplausos.

—Solo vosotros podéis decidir dónde está vuestro límite. Aunque para llegar a donde te propones a veces recibirás golpes. No hay problema. Levántate sin tardanza y aprende de cada obstáculo: «¿Por qué me ha pasado ahora? ¿Para qué me sirve? ¿Qué aprendo de ello?».

»No sé cuáles son vuestros sueños. A lo mejor salir de la ansiedad. —Salvador me dirigió una mirada profunda—. O encontrar a tu alma gemela —añadió, guiñándole el ojo a Alice—. Dejar huella en la vida. Acompañar a un buen amigo en sus últimos días. —Al decir esto último miró a Míriam—. Todo es posible si ponéis el foco en ello.

»Alguien dijo una vez: "La grandeza no es una cualidad maravillosa, esotérica, elusiva, divina, que solo personas especiales saborearán alguna vez. Es algo que está en todos nosotros. Es muy simple: esto es lo que creo y estoy dispuesto a morir por ello. En lo que me destaco es en una ridícula... enfermiza... ética de trabajo. Mientras los demás duermen, yo trabajo. Mientras los demás comen, yo trabajo".

»Y una vez dicho esto, amigos, me gustaría confesar varias cosas.

El silencio se volvió aún más sepulcral.

—¿Estás seguro, Salva? Creo que no lo has pensado bien... —soltó Míriam ante el asombro de todos.

Nos miramos unos a otros, nerviosos por el misterio que estaba a punto de ser desvelado.

—Sí, muy seguro. Tengo que anunciaros algo importante. Como dijo Randy Pausch en su famosa «última lección»: «Aunque no hagas realidad tus sueños, puedes conseguir incluso mucho más tratando de alcanzarlos».

»No me voy a andar con misterios: me estoy muriendo. Según mi médico, me queda ya poco tiempo. Y he decidido pasar estos últimos compases disfrutando de las vistas desde una casita frente al mar.

»Pero, antes de desaparecer para siempre, quiero dejarlo todo atado y bien atado. Joel, que ha preferido no llegar hasta aquí, tiene mis últimas voluntades. Él os pondrá al corriente cuando llegue el momento, esperemos que sea lo más tarde posible.

»Por lo demás, mi deseo es que os encarguéis de que mi proyecto vea la luz. Y no solo eso: mi abogado ya lo tiene todo listo para que, a vuestra vuelta, mi empresa pase a ser dirigida por vosotros cinco. Míriam os pondrá al corriente a su debido momento.

La aventurera asintió con la cabeza. Los ojos le brillaban. Los demás seguíamos mirándolo atónitos. Nadie se atrevía a cruzar la mirada con los demás.

—Perdona que interrumpa este momento, Salva. No sé exactamente a qué se dedica tu empresa, espero que a nada ilegal —dije, en un intento de quitar hierro a lo que acabábamos de oír—. Pero ¿por qué nosotros?

No podía evitar hacerme esa pregunta. Al fin y al cabo, Salvador y yo nos habíamos reencontrado hacía tan solo un mes, tras años sin vernos, y, de pronto, pretendía que dirigiese su empresa. Con todo, la pantomima del ascenso al monte Olimpo cobraba sentido.

—Muy sencillo, porque hay cinco tipos de personas que el universo te manda con una misión: darte un mensaje. Y os he escogido porque en algún momento de mi vida habéis cumplido ese cometido.

—Y, ¿qué tipo de mensajeros son esos? —preguntó Hui, abrumado.

—El primero es el que te recuerda de dónde vienes. Evolucionar y cambiar es parte necesaria de la vida, pero a veces podemos terminar olvidando quiénes somos. Cuando eso sucede, aparece una persona en tu vida que te recuerda de dónde vienes. No se quedan contigo para siempre, son como palomas mensajeras. Tras cumplir con su cometido, retoman el vuelo.

—¡Justo eso me pasó contigo! —solté, emocionado, haciendo un esfuerzo por no llorar—. Y este viaje está siendo un regalo de autoconocimiento. Así que gracias de todo corazón. Aunque ya me olía algo desde el principio. Espero que luego puedas aclararnos todo esto del documental.

Salvador me dirigió una sonrisa discreta y siguió con su discurso.

—El segundo mensajero es un verdadero maestro, pues ve en ti algo que tú todavía no ves y te anima a superarte. Cuando sientes que no puedes hacer algo o estás por comenzar un camino muy difícil, esa persona es un faro. Es la que te da las herramientas, porque sabe que tienes capacidad para usarlas. Te ayuda a llegar a la cima.

»El tercero es el que te despierta. A veces, la vida nos lleva al letargo, a ponernos en piloto automático y dejar que las cosas sucedan sin nuestra intervención. Contra eso hay que hacer algo, pues el agua estancada se pudre. El agua en movimiento, en constante cambio, es vida. En los momentos en que parece que hemos llegado a un punto muerto, suele aparecer el tercer mensajero, que nos invita a salir de nuestra zona de confort y a retomar el mando de nuestra vida, aunque eso implique asumir riesgos.

»El cuarto mensajero es el que te da una buena pista. Es una persona fugaz, que aparece y desaparece de tu vida con frecuencia, pero cada vez que abre la boca es para que hagas un clic. Te inspirará, tal vez a través de un cuento o de una conversación, para que reflexiones y hagas los cambios necesarios en tu vida. Esas pequeñas intervenciones no tienen precio.

Sabía a quién se estaba refiriendo Salva con esa descripción. Y entonces tuve la certeza de que volvería a ver a Joel. Antes de lo que imaginaba.

—Por último, pero no menos importante, tenemos al

quinto mensajero. El que llega para quedarse. Hay personas que siempre están ahí, demostrándote que su lugar en tu vida es inmenso, y te acompañan en todos y cada uno de tus procesos personales. Es ese ángel de la guarda que siempre está ahí.

Míriam lo miró sonrojada y se secó una lágrima de la mejilla.

—Respondiendo a tu pregunta, Miqui —concluyó Salvador—, cada uno de vosotros habéis traído en algún momento de mi vida uno de esos mensajes. Sois mis cinco mensajeros. Por eso estáis aquí.

Lleno de emoción, además de comprender que yo había devuelto a Salvador a sus raíces y él a mí, a las mías, tomé conciencia de que, gracias a él, también yo podía disfrutar de los cinco mensajeros.

5 de agosto

REFLEXIONES DE UN ANSIOSO (V)

Me cuesta creer la noticia que Salva nos ha dado y, por supuesto, solo tengo preguntas que necesitan respuesta.

¿De qué se muere Salvador? ¿A qué se dedica su empresa? ¿Estaban los demás al corriente de todo esto?

Desde ayer por la noche mis ataques

de ansiedad han disminuido. La respiración
me ayuda mucho, estoy muy atento a ella.

Eso me da tranquilidad y me permite
experimentar mis emociones sin miedo a
tener un pinchazo o a ahogarme.

No dejo de pensar en la oportunidad
perdida con Alice. Cada vez me gusta más.
Cuando estoy con ella, siento un aura de
estupidez que nos rodea a los dos. Esta
noche, si tengo la oportunidad, atacaré
yo. Aunque con la noticia de Salva, no
sé yo cómo estarán los ánimos...

Estoy muy triste y muy feliz a la vez.
Mi vida está cambiando, siento que para
bien. Cada vez me siento más fuerte.
Estoy ganando la batalla a la ansiedad.
Hasta se me ha ocurrido que, cuando vuelva
a Barcelona, me gustaría escribir un libro
sobre mi proceso personal.

Afronto el descenso del monte Olimpo con
ilusión, con ganas de seguir aprendiendo y
observar si mis síntomas vuelven en algún
momento. Parece mentira, pero, cuando hace
un rato que no los siento, tengo síndrome
de abstinencia.

13

Lo imposible

Tras cerrar la libreta, localicé a Míriam con la mirada. Teníamos pendiente una conversación. Ella tomó la iniciativa fingiendo aplomo.

—Eh, Miqui, ¿recuerdas que antes me preguntabas si tenía un desatascador para la voluntad? Pese a todo, la fuerza incansable de Míriam se palpaba en su manera de hablar. Rápida y enérgica, parecía que las palabras no podían seguir el ritmo de sus pensamientos.

—¿Qué es eso de un desatascador de voluntad? —dije en broma—. Tengo uno para el váter donde sale un pato, ¿me sirve?

—Creo que no, aunque no lo he probado —contestó Míriam guiñándome el ojo—. Pero el desatascador del que yo te hablo no es tangible. Lo llevas dentro de ti y se usa para encontrar la energía que necesitas para superar un obstáculo justo cuando sientes que no la tienes.

—Y eso, ¿tiene que ver con la autoestima?

—Sí, claro, por supuesto que sí. Cuando practicas un deporte de alto rendimiento, aprendes que la autoestima es imprescindible para el resultado, y que va íntimamente ligada a la autoexigencia, que acostumbramos a ver como negativa. La percibimos así por nuestro diálogo interior.

—¿La voz con la que discuto constantemente? —dije.

—Sí, hay que tener especial cuidado con nuestra manera de hablarnos, para que algo en sí constructivo se convierta en algo excesivo que nos bloquea. Ese es el gran desatascador de voluntades: tener un coloquio interno positivo y amable hacia nosotros.

—Ya, pero no se puede mantener esa vocecita siempre en positivo, créeme, lo he intentado.

—Aquí interviene el equilibrio, Miqui. Mantener la medida exacta. En alta competición, lo más importante es encontrar tu ritmo de carrera. No puedes empezar a tope si tu velocidad de crucero es de cuatro minutos por kilómetro. ¿Me sigues? Pues lo mismo sucede con las opiniones: hay que tomarlas en su justa medida. Es bueno ser consciente de nuestros errores y aprender de ellos, porque cometer fallos forma parte de nuestro aprendizaje. Nos hace conscientes de nuestros recursos y limitaciones. Joder, y ¡qué importante es conocerse a uno mismo! No hay ningún atleta destacado que no se conozca a la perfección. Para llegar a la meta, tienes que ser consciente de quién eres, de cuál es tu objetivo, así como del ritmo que necesitas para alcanzarlo.

—Entonces, esos tres puntos serían el secreto de la felicidad.

—Sí. Y te lo puedo demostrar. ¿Cuántas flexiones eres capaz de hacer?

Míriam me sorprendió con aquella pregunta que no venía a cuento.

—Ni idea. Hace más de veinte años que no hago ni una, ¿por qué?

—Haz unas cuantas, las que aguantes. A ver adónde llegas.

Me la quedé mirando. No había ni un ápice de duda en sus ojos, así que me eché al suelo, estiré las piernas y aguanté todo el peso de mi cuerpo con los dedos de los pies y las manos. Luego empecé a bajar y subir.

Cuando llegué a diez, los brazos me empezaron a temblar y ya no tuve fuerzas para hacer ninguna más.

—¡Diez! —exclamó mi nueva entrenadora—. ¡Nada mal! Vale, genial. Punto uno a tener en cuenta: que la cagues una vez no significa que tengas que llevar pañales. Siempre que hayas aprendido de tus errores, claro. ¿Quieres que vaya al punto dos?

—¡Sí, señora! —dije, enérgico, imitando la respuesta de los marines.

—A ver si puedes hacer diez flexiones más.

—¿Diez más? ¿En serio?

De mala gana, me volví a poner en posición y me gané con diez flexiones más el siguiente consejo:

—Punto dos: no eres Superman. Sé realista, las cosas tardan en conseguirse y cada uno tiene las capacidades que tiene. Nada de precipitarte. No hay objetivos imposibles, todo es cuestión de tiempo y de constancia. Oí una vez decir a Pau Gasol que en toda su carrera solo había encontrado uno o dos jugadores de baloncesto que tuvieran un don innato. Todos los demás habían llegado a la NBA como él, a base de trabajo duro y constancia. ¿Tienes fuerza para el punto tres?

Me sequé el sudor de la frente con el brazo derecho, como un guerrero de película al que aún le queda mucho por dar en la batalla. Me eché al suelo y completé diez flexiones más. Me temblaban los brazos, pero estaba dispuesto a resistir. «Luego ya me ocuparé de las agujetas», pensé.

—Tercer punto: a veces las cosas vienen solas..., si estás trabajando en ellas, claro. Un error en el camino puede conducirte al mejor de los resultados. En toda equivocación siempre hay algo valioso. Mira si no el brownie.

—¿Quién es ese Brownie? ¿Un pastor anglicano?

—Calla, tonto, me refiero al pastel de chocolate. ¿Sabías que surgió de un error del pastelero, que se olvidó de poner levadura en el bizcocho?

Sin resuello para contestar, hice diez flexiones más con un esfuerzo considerable. Míriam pasó al siguiente punto.

—El cuarto es el más sencillo. ¿Recuerdas lo que decía la instructora de *Fama* con el bastón en la mano? «La fama cuesta, y aquí es donde vais a empezar a pagar, con sudor».

—Y que lo digas —murmuré, empapado.

—Hay que ser imbécil para pensar que vas a conseguir algo en esta vida sentado en el sofá. Has hecho treinta flexiones, ¡bravo! Podrías haber escogido no hacerlas y seguir como antes. Así es la vida, chaval: todo lo conseguimos a través de un esfuerzo. Nada te viene regalado. No cumplir con tus objetivos es una actitud infantil ante la vida. Además de ser propio de *loser*.

—Protesto, Míriam. Yo nunca me he sentido como un niño. Soy un adulto cuarentón con obligaciones, hipoteca y algunos dolores de cabeza más.

—No te justifiques por no cumplir contigo mismo. La vida no depende de tus circunstancias, sino de cómo las interpretas. Si yo tuviera hijos, me levantaría una hora antes para organizar los desayunos y tener tiempo para hacer algo de deporte antes. Es fácil decir: «No puedo hacer deporte porque con los críos es imposible». Hay mujeres que se han sacado una carrera universitaria como madres solteras de tres hijos. ¿Es imposible o lo haces tú imposible?

14

¿Por qué los perros se acurrucan para morir?

Iniciamos el descenso desde el refugio hacia un lugar llamado Prionia. Conseguí bajar junto a Alice, y fuimos hablando de nuestras cosas. La combinación de pinos, hayas y abetos le daba un encanto único y pintoresco al paisaje. Pasamos por varios miradores desde los que pude fotografiar el bosque verde y los paisajes que lo rodeaban. Al llegar abajo, nos detuvimos en las cascadas del Enipeas. Allí nos permitimos disfrutar de un almuerzo ligero en un café al aire libre. Fue allí donde el equipo de grabación me abordó por fin para preguntarme por mis impresiones sobre el viaje.

Respondí mucho más relajado de lo que imaginaba. Creo que en esa entrevista habló por primera vez el nuevo Miqui, que no temía explicar su experiencia con la ansiedad que había empezado a desaparecer para siempre.

Pero la aventura no había terminado. Es bien sabido que una expedición no termina hasta que se vuelve a casa.

Seguimos la ribera del río Enipeas con la intención de regresar a Litochoro, que había sido nuestro punto de partida. En el camino, paramos en el monasterio de Agios

Dionisios, que data de 1542. Es un monumento de rara belleza, construido como fortaleza de piedra y madera sobre una meseta fortificada natural.

Conseguí muy buenas fotos, aunque tengo que decir que estaba lleno de turistas que no dejaban de pasar por delante del objetivo. Se notaba que, poco a poco, regresábamos a la civilización. Era una sensación en parte agradable. Casi tenía ganas de volver a Barcelona y ponerme a prueba. Además, allí tenía muchas cosas que arreglar.

Nos esperaban cinco horas de caminata para llegar al siguiente refugio, donde pasaríamos la última noche juntos. Lo que entonces no sabía es que tendría la oportunidad de ponerme a prueba unas cuantas veces más antes del final de nuestra aventura.

Ante de reemprender la marcha, entré en el monasterio con la idea de fotografiar el interior. Las paredes con motivos religiosos resplandecían con sus colores dorados. Era la primera vez que visitaba una iglesia ortodoxa. En aquel lugar, el silencio llegaba a incomodar, pero transmitía una paz absoluta.

Hice algunas fotos y me dirigí hacia el fondo caminando entre los bancos de madera tallada que invitaban a sentarse y contemplar el altar. Este estaba repleto de objetos de oro y coronado por un gran fresco celestial. Lo flanqueaban las estatuas a tamaño real de dos monjes encapuchados. Sobre ellos, dos ángeles dorados señalaban el fresco de la pared.

De pronto, reparé en que había alguien sentado en el

primer banco. Al acercarme, me di cuenta de que era Salvador. Me senté junto a él en silencio.

No recuerdo cuánto tiempo estuvimos así, cada uno sumido en sus pensamientos, pero al rato mi amigo susurró:

—¿Sabes por qué los perros se acurrucan para morir?

No contesté; simplemente esperé la respuesta.

—A pesar de estar bastante «humanizados», los perros domésticos mantienen intacto su instinto salvaje. Por eso los machos marcan su territorio siempre que tienen ocasión y los cachorros mordisquean todo lo que se les pone por delante. Cuando van a morir sucede algo parecido. El malestar que experimenta el animal en los momentos previos a la muerte es una sensación nueva que le indica que las cosas no van bien. El instinto de supervivencia, heredado de sus ancestros, que vivían en manada, le dice que lo mejor es dejar que la manada siga su camino. Por eso se aísla, no por él, sino por el grupo. Se acurruca para ocupar menos espacio, hasta que al fin desaparece del todo.

Tragué saliva; me esforzaba por parecer sereno.

—¿Y ya tienes claro dónde acurrucarte? —disparé.

—Sí, he alquilado una casita cerca de aquí.

—¿Y qué es lo que te...?

Salvador no me dejó terminar la pregunta.

—Un cáncer. Hace cinco años que lucho contra él, y ya no hay nada que hacer. Se ha extendido y no se puede operar más. He renunciado a la quimio porque me han dicho que solo retrasará lo inevitable. Quiero pasar mis últimos meses en la Tierra sin venenos. Sé que, a partir de ahora, iré degenerando poco a poco hasta el final.

—Salva, nadie sabe cuándo le llegará la hora. Hay enfermos que han sobrevivido a...

—No tengo miedo, Miqui, estoy en paz. Y necesito vivir esto solo. ¿Me entiendes? Quiero dejarlo todo arreglado e irme tranquilo. Disfrutaré de estas magníficas vistas en mis últimos días. Me apetece simplemente ver caer la tarde contemplando el paisaje verde y sintiendo la brisa del mar. Por eso he dejado en vuestras manos mi empresa, que es mi legado al mundo. Estoy seguro de que formaréis un gran equipo e incluso mejoraréis mi proyecto de vida.

—¿Me contarás ahora a qué te dedicas?

—Lo sabrás en su momento. Si aceptas el reto, estoy seguro de que aportarás mucho al equipo. Todo lo que te hace falta ya lo estás aprendiendo en este viaje. ¿O crees que a *National Geographic* le interesa esta excursión de *boy scouts*?

Nuestras risas resonaron entre las gruesas paredes de piedra.

—Ahora entiendo, Salvador. Eres un viejo zorro... ¿Has montado esta excursión al Olimpo para que nos conozcamos y aprendamos *team building* para poder llevar tu empresa?

—Bueno, en parte sí. Pero también hemos venido al Olimpo porque yo me quedo aquí. Como te he dicho, es donde he decidido acurrucarme.

Nos quedamos un rato en silencio, cada cual en sus pensamientos. Por fin me atreví a decir:

—¿Sabes, Salva? Me he pasado la vida sintiéndome fuera de lugar. He ido rebotando de aquí para allá, corriendo detrás de obligaciones y urgencias, pero ahora... —Se me quebró la voz—. Ahora y aquí siento que estoy justo donde quiero estar.

Salvador agradeció mis palabras poniéndome la mano en el hombro. Luego esbozó una sonrisa apacible y dijo:

—Cuando sabes que se te termina el tiempo, el afán de respuestas es mayor, en especial sobre uno mismo. Estos cinco últimos años he intentado conocerme. Me he dado cuenta de que una parte de nosotros mismos es adquirida: todo aquello que aprendemos durante la vida. Pero otra parte, que es innata, nos hace ser de una manera determinada. Y ahí está la clave: al hacerte mayor, puedes elegir entre potenciar tus dones innatos o bloquearlos. ¿Para qué has venido a este mundo, Miqui? ¿Qué aportarás?

—No sé a qué he venido, pero soy el mejor portero de fútbol. Bloqueo todos los balones y no se me escapa ni uno. No me conozco, aún no...

—No te preocupes, la mayoría bloqueamos nuestro talento innato. Y lo peor es que llegamos a convencernos de que todos somos iguales, como si lo que nos hace felices fuera igual para todos. ¡Qué error! Cada uno es distinto y le mueven cosas distintas. No solo los gais necesitan salir del armario. Cada persona de este mundo necesita mostrarse, contar quién es. Grita al mundo quién eres, pon tus dones al servicio de los demás, poténcialos. No te escondas detrás de ese fantasma que llamamos normalidad. No hay nadie normal, solo dormidos y despiertos, como decía Gurdjieff.

Se hizo otro largo silencio, como si se desplegara un lienzo en blanco en el que consignar toda esa información que me abrumaba. Miré a Salvador y él me devolvió la mirada. Nos dimos un fuerte abrazo, intenso y sentido.

—Lárgate ya —dijo sin mirarme a la cara.

Al levantarme, sentí que el suelo se movía bajo mis pies. Mientras recorría el pasillo hacia la salida, no me volví para que mi amigo no me viera llorar.

Esa fue la última vez que hablé con Salvador.

15

Camino de liberación

El camino de bajada estaba jalonado por puentes de madera que cruzaban el cañón y nos regalaban unas hermosas vistas de grandes lagos de agua cristalina. Hui no dejaba de tomar anotaciones sobre los distintos bichos que iba encontrando por el camino. Recordé entonces que me había prometido una clase de qigong. Pese al cansancio, estaba intrigado por saber qué hacía mal en mi práctica del cuatro por cinco.

La naturaleza nos envolvía como un suave manto mientras seguíamos la ruta hacia nuestro destino. Se oían los pájaros y el murmullo del viento que acariciaba las hojas de los árboles. Nadie tenía ganas de hablar. Hacía ya una hora que habíamos dejado atrás a Salvador, y cada uno iba sumido en sus pensamientos. Mi amigo había hecho una despedida discreta, como el perro que se acurruca.

Nadie había dicho nada. Cuando Míriam dio la orden de partir, enfilamos el sendero y dejamos a nuestro jefe en la iglesia.

Ahora que él ya no nos acompañaba, el duelo se palpaba en el ambiente, casi visible.

Fueron cinco horas de silencio y reflexión y, por primera vez en aquel viaje, sentí que tenía ganas de sentarme a escribir en mi libreta las conclusiones que había sacado de lo que acababa de vivir.

Ignoraba que esa noche me sería imposible.

Cenamos vino y pescado en una terraza delante de la playa en sombras. Aquel era el momento oportuno para celebrar y empezar a despedir la aventura. Antes de proseguir con nuestras vidas, nos merecíamos aquella maravillosa velada para festejar que, en el lapso de unos días, cuatro desconocidos se habían convertido en amigos.

Al llegar los postres, que sabían a miel y pistacho, Míriam se decidió por fin a hablar de la empresa de Salvador.

—Equipo, antes que nada, felicidades por llegar hasta aquí. Creo que es momento de que destape un poco del pastel. No creo... —Míriam se aclaró la garganta antes de poder seguir— que volvamos a ver a Salva, os lo digo con sinceridad. Sé lo tozudo que es con sus decisiones. Antes de partir me pidió que, llegados a este punto, os explicara el lío en el que os ha metido.

—Me encantaría, la verdad, me tiene preocupado —salté en busca de respuestas—. ¿A qué se dedica la empresa?

—A la divulgación. Tiene varios departamentos: desde crecimiento personal, hasta medio ambiente, pasando por investigación. La idea de Salva es aportar al mundo el conocimiento que este necesita.

—¿Y qué pintamos nosotros? Yo no he dado clase en mi vida —saltó Hui.

—Cada uno tiene un papel asignado en la empresa según sus capacidades. Salva se ha encargado de eso, además de asignaros una participación en las acciones de la compañía.

Dicho esto, Míriam se sacó un papel arrugado del bolsillo con manos temblorosas. Vi que conseguía dominar el temblor mediante una respiración profunda.

—Esta es una carta de intenciones que Salvador me ha pedido esta mañana que os lea cuando él ya no estuviese...

Queridos amigos y compañeros de viaje:

¡La vida es maravillosa! A veces no nos damos cuenta hasta que nos pegamos un buen tortazo. Decía Shakespeare que el agua más fresca está en lo más profundo del pozo. Y así es: hasta que no tocamos fondo, no nos damos cuenta de lo fresca que es la vida y de la sed que teníamos.

Míriam hizo una pausa para tomar un sorbo de vino blanco. Aunque aparentaba ser la más fuerte, le estaba costando leer estas últimas palabras que Salvador nos había dejado escritas. Tenía los ojos anegados de lágrimas.

—Perdón, sigue así:

Por eso, queridos amigos, para poder dirigir esta empresa y ser felices os quiero compartir lo que yo llamo el pentágono vital. Cinco puntos mediante los cuales lograréis que la vida valga la pena. Y espero que os apliquéis a su práctica con mimo y cuidado.

—Hay un pequeño dibujo del pentágono —aclaró Míriam—. En cada punta hay una palabra: Amor, Amistad, Perdón, Fe y Desapego. Luego lo desglosa así:

Este pentágono marca cinco claves que, de seguirlas, os llevarán a la felicidad. Lo he aprendido y aplicado estos últimos años...

La primera es no criticar a los demás, para mí eso es el amor incondicional. No hay que juzgarlos, pues son el espejo de nuestros propios defectos. Ya decía Gracián hace cuatro siglos que «quien critica, se confiesa».

La segunda es que no hay nada más valioso que los buenos amigos. Rodéate de aquellos que aportan valor a tu vida, y descarta los que le restan. Pero pon atención en el trato con los demás: escucha, sé amable y comprensivo. No hay nada más triste que no tener amigos; somos tribu, necesitamos relacionarnos, y juntos llegamos mucho más lejos.

La tercera clave es el perdón. El resentimiento hacia las personas que nos han lastimado ocupa demasiado espacio mental, porque aquello que ya sucedió nos boicotea el presente y el futuro. El mundo empresarial está lleno de gente que no entiende nada, y tiene una obsesión absurda y enfermiza por acumular riqueza. Aprended de ellos y convertíos en todo lo contrario; es la mejor manera de ser feliz.

El cuarto punto tiene que ver con la fe. Me refiero a la fe en uno mismo, fe en la vida. Eres lo que crees, tu futuro está dentro de ti. Lo que esperas encontrar es lo que acabas encontrando. Concentraos en aquello que queréis conseguir. En todo proyecto encontraréis impedimentos, pero, si tienes fe en tus posibilidades, el éxito acabará llegando.

La quinta clave es el desapego, y no solo de posesiones materiales, sino también de opiniones, externas o internas. No hay que gastar energía intentando tener razón. Dudad de cuanto escuchéis, incluso de vuestras opiniones.

Tras leer las cinco claves del papel, Míriam inspiró hondo y explicó el sitio que le correspondía a cada uno en la empresa. Otra cosa era si podríamos hacernos cargo de los nuevos cometidos.

Completada la puesta de largo del proyecto, pasamos el resto de la noche bebiendo y conversando con emoción. Especulábamos sobre nuestra nueva vida cuando me levanté y fui a buscar a Alice, que se había alejado del grupo para sentarse en la playa.

Pareció alegrarse de mi llegada.

Nos dimos la mano sin decirnos nada. Pronto le pasé el brazo por la cintura y la atraje hacia mí. Ella apoyó la cabeza en mi hombro.

16

Éxtasis y serenidad

La casa donde nos hospedamos esa noche era muy agradable y, por primera vez en días, tenía una habitación solo para mí. La cama era cómoda y la compañía, increíblemente grata.

Acerqué con timidez mis labios a los de Alice, que se inclinó un poco para que nuestras bocas se encontraran. Yo la invadí con la lengua, entumecida después de tanto tiempo sin usarla.

«¿Cuánto hacía que no me besaban así?», pensé en aquel inesperado paraíso. No pude recordarlo.

—Vaya..., al fin te has atrevido, ¿eh? —susurró Alice—. *I'm glad.*

Nos desnudamos el uno al otro despacio y nos fundimos entre las sábanas mientras con la lengua recorríamos el cuerpo del otro, sintiendo sabores y olores que nos iban llevando al éxtasis.

El ritmo subía como una canción que te arrastra poco a poco al clímax. El sol nos descubrió aún abrazados y llenos el uno del otro.

Sin darnos cuenta, se había hecho de día.

Tumbado en la cama junto a Alice ya no pensaba en nada. Solo disfrutaba del momento presente. Escuché mi cuerpo: ni rastro de ansiedad.

Volví a besarla, y ella sonrió y aceptó el beso de buen grado.

—¿Qué hora es?

Ella cogió el móvil de la mesilla de noche y lo encendió para consultar la hora.

—Las seis y media.

—Tengo una cita con Hui —dije—. Pero no quiero irme...

—Quedan muchas noches por delante —replicó, y luego me guiñó el ojo y dio media vuelta para intentar dormir un rato.

6 de agosto

REFLEXIONES DE UN ANSIOSO (VI)

Ya no siento ansiedad, al menos no de manera continua, y creo saber por qué.

He perdido el miedo.

Llevo un buen rato mirando el mar, que se va volviendo azul bajo la luz del sol, y los barcos que salen a pescar se ven tan pequeños desde aquí...

Siento que he perdido el miedo a vivir.

Sé que todos hemos de morir un día, pero podemos disfrutar de la vida en plenitud.

Debo solucionar muchas cosas cuando vuelva a Barcelona. Necesito hablar con Maite, y tendré que estudiar la opción de trabajar en la empresa de Salva.

También quiero dedicar más tiempo a los míos y a mí, y menos al trabajo.

El viaje está a punto de terminar. Ahora sé que cuando aparece la ansiedad hay que cambiar la manera de interpretar la vida, pues esos síntomas que no te dejan vivir solo son un aviso de que algo no va bien. El cuerpo es sabio y te avisa. Primero te susurra y, si no le prestas atención, como hacía yo, te grita.

El mío ha dejado de gritar. Y aún me cuesta creerlo, pero hace horas que no siento ningún síntoma. Hago el ejercicio de escucharme y no los encuentro. Al escucharme, aparece el miedo a que reaparezcan, pero entonces me repito todo lo que he aprendido estos días y se me pasa.

Joel diría que el conocimiento nos hace libres.

Y ahora ¿qué? Es lo que me estoy preguntando desde hace un buen rato.

Escucho a mi mente, a mis emociones y a mi cuerpo y sé dónde me siento cómodo, en qué pensamiento me siento tranquilo y me anclo al bienestar.

¿Ahora qué? Pues a seguir aprendiendo.

17

Pequeño bambú

Vi llegar a Hui desde lejos. Llevaba una taza humeante en las manos, y me preguntó por gestos si me apetecía una. Levanté el pulgar para aceptar y fui a su encuentro. «Por qué no —pensé—. Me pondré a prueba, a ver qué tal me sienta el café».

Me senté al lado de Hui. Desde allí teníamos unas vistas magníficas al mar.

—A mí el mar me da mal rollo —soltó de repente—. Me parece nostálgico y me pongo triste.

—¿En serio? A mí me parece precioso.

—No he dicho que no sea precioso. La tristeza también lo puede ser, ¿no crees? Hay belleza en todo, pero hay que atreverse a mirarla.

—Tal vez sí. Te recuerdo que me debes una clase, no una charla —dije cambiando de tema.

—Lo sé, pequeño saltamontes. Terminemos el café y vayamos al lío.

Nos pusimos enseguida a practicar los ejercicios de qigong de nuestra rutina del cuatro por cinco.

—Tienes que fluir —me recomendó Hui—. No te esfuerces tanto, el ejercicio tiene que brotar de forma natural de ti. *Be water my friend*, ¿te suenan esas palabras de Bruce Lee?

Me acordaba perfectamente. Eran parte de un anuncio de coches que marcó historia.

—Imagina que haces el ejercicio debajo del agua y que te cuesta mover un poco los brazos. Siente la fuerza, joven Padawan.

Hui utilizaba muchísimas referencias frikis. Me hacía reír, aunque parecía que con ellas se burlaba de la práctica.

—No me hagas reír que me desconcentras —protesté.

—No te lo tomes todo tan en serio o te harás daño. Aplica un poco más el «sudapollismo». Si quieres hacerlo perfecto, no te saldrá. No quieras quedar bien, nadie te va a juzgar.

Cerré los ojos e imaginé que hacía el ejercicio bajo el agua.

De repente, empecé a escuchar a mi cuerpo. Las manos me hervían, como si luchara contra una fuerza invisible para moverlas. Mis piernas se enraizaban en el suelo con firmeza. Me sentía fuerte como un roble.

—Ahora estás en el camino —dijo Hui—, pero, recuerda, el viento se lleva al fuerte roble, pero no puede con el pequeño bambú. Afloja el tronco, tienes que ser como el bambú, de raíces fuertes y profundas, pero flexible y hueco.

Hice lo que Hui me pedía y aflojé el tronco. Caí en un

estado de relajación profunda. Mi cuerpo se movía con agilidad, como las hojas de un sauce que bailan con la brisa.

Y empecé a vaciarme.

Veía cómo venían y cómo se iban los pensamientos sin prestarles atención.

Repetí el mismo ejercicio sin darme cuenta muchas veces. Al terminar, abrí los ojos. Me sentía muy descansado, como si hubiese dormido ocho horas en vez de haberme pasado la noche haciendo el amor y charlando.

—¡Empiezas a hacerlo tuyo! —me felicitó Hui—. Has equilibrado las dos fuerzas, el yin y el yang, y has respirado y meditado mientras hacías correr la sangre por el cuerpo. Estás en el camino del Tao. Ya no vas en contra de los acontecimientos, sino que te adaptas a ellos. Déjame que te cuente mi visión de todo esto. ¿Otro café?

—Prefiero un té.

Nos sentamos en un banco en el porche de la casa. Cogí el cuenco caliente con las dos manos y me dispuse a escuchar a Hui.

—En el entorno actual —empezó Hui—, nos encontramos en un estado permanente de incertidumbre y provisionalidad. Querer aferrarse a la seguridad es ir contra el Tao, contra el fluir de la situación. Para ir con el flujo de la vida hay que aprender a improvisar, a adaptarse. Comprender que la vida es cambio.

—Sí, recuerdo que mis padres decían que estudiando una carrera, inglés e informática tendríamos la vida solucionada —aporté—. Ahora tengo amigos con dos másteres trabajando en el supermercado.

—Ya. Cuando yo era pequeño, jugábamos a la oca, al parchís y al Cluedo. Íbamos cambiando de juego con la naturalidad de los niños, sin dramas.

—¿Y qué quieres decir con eso?

—Pues que en la sociedad actual pasa lo mismo. Desde el día que naciste a hoy, el juego ha cambiado. Pero hay gente que pretende seguir con los juegos y las reglas del pasado a pesar de que el tablero es otro. Los cambios de tablero son parte de la vida.

—Supongo que aferrarnos al pasado es lo que nos hace sufrir, te comprendo.

—Sí, quien sigue el Tao sabe cuál es el momento adecuado para cada cosa, está con las antenas puestas y fluye. Nadar contra corriente es malgastar la energía.

18

Esto también pasará

6 de agosto por la tarde

REFLEXIONES DE UN ANSIOSO (VII)

He aprendido de Míriam que quien la sigue la consigue. Si pones empeño y te centras en tu objetivo, el éxito acaba llegando. Pero ha sido al hablar con Hui cuando he entendido cómo hacerlo. Ahora entiendo el equilibrio del que habla. Las reglas del juego han cambiado y no puedo luchar contra ello.

Solo pensar en eso, me invade la tranquilidad.

Así que creo que ya sé cómo tengo que hacerlo. Debo entender y aceptar todo lo que me rodea. Fluir con el momento que me ha tocado vivir.

—Empiezo a creer en la magia. ¿Crees que es posible que existan poderes de algún tipo? No sé, al estilo de Obi Wan o Gandalf. El día que medité con Salva ya noté cosas raras, y esta mañana, con Hui... Ha sido increíble, he notado una especie de energía en las manos.

—Qué mono eres —respondió Alice, poniendo ojitos—. Esa magia existe, claro que sí. Aunque, por supuesto, tiene su explicación científica. Siento decepcionarte, ahora que estabas ya camino a Howarts.

—¡Qué graciosa! —le dije antes de besarla.

De pronto, un poderoso aleteo nos sacó de nuestra conversación de enamorados. Una robusta ave de gran envergadura se posó furiosa ante nosotros. El pico de color amarillo con punta negra destacaba en el plumaje blanco.

—¡Rápido, Miqui! Sácale una foto —dijo Hui entusiasmado—. Es un buitre egipcio, no tendremos muchas más oportunidades de ver uno tan de cerca.

Como un vaquero que desenfunda su revólver en un duelo a muerte, saqué la cámara y disparé unas instantáneas.

Aquel día claro y caluroso nos encontrábamos en el monasterio de la Santísima Trinidad, que reposaba sobre un megalito impresionante de más de sesenta millones de años de antigüedad. Habíamos llegado hasta allí a través de un paseo lleno de escaleras y caminos laberínticos.

Ir subiendo escalón a escalón es la sensación más cercana que he vivido a caminar por encima de las nubes.

Rodeaban el templo unos bellos y cuidados jardines.

En aquel silencio, el rumor del agua de las fuentes te llenaba de serenidad. Mientras meditaba en silencio sentado en un banco me acordé de Salvador.

Unas voces que susurraban me sacaron de mi contemplación.

—Me alegro de que hayas esperado —dijo Míriam.

—No tenía intención de irme. —Reconocí la voz de Joel—. No podía soportar esa forma excéntrica de Salva de desaparecer para siempre. Supongo que hay que respetarlo.

Giré la cabeza hacia las voces. No pude evitar sonreír.

—Mi cuentacuentos favorito, ¡me alegra mucho tenerte de vuelta!

—¿Sabés que aquí se rodó una película de James Bond? —dijo Joel como si nunca hubiera abandonado la expedición—. En *Solo para tus ojos* escalaba los seiscientos metros para apresar a sus enemigos rusos como si tal cosa.

Sentados en torno a una mesa redonda, como los caballeros del rey Arturo, descansamos las piernas después de tantos días de caminata. Celebramos el final de nuestro periplo recordando a nuestro amigo Salva a través del sabor dulce del té y charlamos también sobre lo que nos quedaba por hacer.

—Es curioso lo mucho que puede cambiar la vida de un día para otro —pensé en voz alta—. ¿Qué habéis decidido hacer con la oferta de Salva? Yo no lo tengo nada claro.

—La vida es cambio —se limitó a responder Joel—, y pienso que a él lo hará feliz que así lo haga.

—Me cuesta aceptar que no volveré a verlo —dijo Míriam—. Hace tres años que estoy con él en la empresa. Lo echaré mucho de menos. Aun así, a mí también me gustaría que os sumarais. Será un placer navegar con vosotros.

Joel se levantó de la silla y se acomodó las gafas, decidido a explicar un nuevo cuento. Lo celebré en silencio.

—Hay un cuento sufí que habla sobre lo que estamos viviendo. Como no quiero estropearles el desenlace, voy a ir al grano:

»En cierta ocasión, un rey citó a todos los sabios de la corte y les dijo: "He mandado forjar un anillo precioso con un diamante. Quiero guardar, oculta en el anillo, una frase que me ayude en los momentos difíciles, que me motive para seguir luchando. Eso sí, tendrá que ser breve, para que quepa bajo el diamante de mi anillo".

»Ninguno de los sabios de la corte fue capaz de escribir la frase que les pedía el rey. Hasta que, un día, un sirviente suyo muy querido le dijo: "No soy un sabio ni un erudito, pero conozco la frase que necesitáis". Dicho esto, escribió el mensaje en un trozo diminuto de papel, lo dobló y se lo entregó al rey con la recomendación: "Pero no lo leáis ahora, majestad. Mantenedlo guardado en el anillo y abridlo solo cuando no encontréis salida a una situación".

»Ese momento no tardó en llegar. Viéndose el rey perdido en una batalla por su reino, recordó el anillo. Así que sacó el papel, lo desplegó y allí encontró un pequeño mensaje de enorme valor para el momento. Decía: "Esto también pasará".

»El rey se sintió profundamente agradecido al sirviente. Esas palabras resultaron milagrosas. Dobló el papel, volvió a guardarlo en el anillo, reunió de nuevo a su ejército y reconquistó su reino.

»Con la paz recuperada, en la ciudad hubo una gran celebración con música y baile. El rey se sentía feliz. En ese momento, el sirviente se acercó y le dijo: "Majestad, ha llegado el momento de que leáis nuevamente el mensaje del anillo".

»"¿Qué quieres decir?", preguntó el rey con asombro. "Ahora estoy viviendo una fiesta. Vencí al enemigo y el pueblo celebra mi retorno".

»"Abridlo y veréis", dijo el sirviente.

»El rey abrió el anillo y leyó el mensaje: "Esto también pasará".

»Y el monarca sintió de nuevo la misma paz, el mismo silencio, en medio de la algarabía de la celebración. Había comprendido el mensaje: tanto lo malo como lo bueno es transitorio.

—Me ha encantado el cuento, Joel —dijo Alice—. Es verdad que todo pasa. El tiempo es imparable.

—Sí —respondió él—. Hoy termina nuestra aventura en el Olimpo y empieza otra. Cada uno tiene la suya y todos tenemos una en común. Ningún acontecimiento ni ninguna emoción son permanentes. Hoy nos sentimos un poco tristes, pero pasará. Así que propongo un brindis por nuestro amigo Salva y por lo que nos depara el futuro.

Levantamos los pequeños vasos de té y los entrechocamos con una mezcla de felicidad y melancolía.

19

La despedida

La mañana era fría en Barcelona. El calor producido por el agua en constante ebullición en el interior de la tetería contrastaba con el aire gélido del exterior y creaba una capa de vaho en el cristal que impedía ver la calle. Llené la tetera de agua disfrutando del aroma que desprendía mi sencha. De repente, mi móvil vibró.

«Un wasap de Maite... —me dije sorprendido—. ¿Qué pasará ahora?».

EX:
Recuerda que los niños tienen piscina
Prepárales la mochila

Una mano en mi espalda desvió mi atención del teléfono. Era Alice.

—¿Todo bien, mi amor?

—Nada importante, los peques tienen piscina.

—Lo sé, les he dejado la bolsa preparada. ¿Qué harías sin mí?

Habíamos quedado en la tetería de la calle Milton con todo el equipo de la expedición al Olimpo.

Unos días antes, Joel nos había mandado un mensaje para agendar nuestro encuentro. Aunque todos trabajábamos para la misma empresa desde hacía dos años, cada uno lo hacía en distintas partes del mundo. Tanto Hui como Míriam estaban a varias horas de avión de Barcelona, por lo que había que planificar las reuniones con tiempo.

Estaba tomando mi tercera taza de sencha, con un alto contenido en teína. Después de más de un año sin sentir ningún síntoma de ansiedad, me atrevía ya con todo.

—¿Me pones otro igual? —pidió Alice, al ver que se acercaba Armando con la carta—. ¡Gracias!

Sonó la campana colgada del techo que anunciaba la llegada de algún cliente cada vez que se abría la puerta. Eran Hui y Míriam. Después de tanto tiempo sin vernos, nos fundimos en un largo abrazo.

Se sentaron y pidieron dos matchas.

Después de ponernos al día, especulamos sobre lo que Joel querría decirnos para habernos reunido a todos con tanta urgencia, aunque sospechábamos de qué se trataba.

Nuestro hombre no tardó en aparecer por la puerta.

—Hola familia. No me andaré con rodeos: Salvador nos ha dejado esta madrugada.

Era la crónica de una muerte anunciada. Sabíamos que Salvador llevaba unos meses muy apurado y que quedaba poco para su marcha.

En ese instante tuve una sensación que jamás había experimentado. Primero, el corazón se me cerró en un puño al oír la noticia. Empecé a hacer respiraciones profundas y, poco a poco, sentí que el pecho se me desbloqueaba y que me embargaban un alivio y una paz difíciles de describir. Me sentí feliz por Salvador, por que hubiera podido organizar esa excursión cuando se acercaba su final. Sí, él se iba, pero dejaba atrás cinco amigos ahora inseparables. Y, no sé a los demás, pero a mí esa excursión me había cambiado la vida por completo.

—Tenía guardadas sus últimas voluntades desde hacía dos años —prosiguió Joel—. Jamás las abrí, como él ordenó. Hasta ahora, que las abriremos juntos, si les parece bien.

Nadie tenía nada que objetar. Joel sacó un sobre tamaño folio de la cartera, lo abrió con delicadeza y extrajo el contenido.

—Bien, dice así: «Yo, Salvador Martínez Ros, mayor de edad, con DNI...» —Joel siguió leyendo aquel documento burocrático hasta llegar al punto que nos interesaba—. «Con la capacidad de tomar una decisión de manera libre, manifiesto mi deseo de ser enterrado en el Mediterráneo por el rito vikingo que adjunto seguidamente...» —Pasó página de nuevo, esta vez con expresión de asombro—. Y a continuación nos otorga la potestad de hacerlo. Y aquí termina, si lo queréis ver...

Joel me pasó las hojas y las leí con detenimiento.

—Pero ¿eso es legal? —dije al equipo—. Estoy casi seguro de que no se puede hacer lo que nos pide.

—¿De qué se trata exactamente? —intervino Hui.

—Aquí dice que quiere que lo mandemos mar adentro

en un barco de madera en llamas —contesté impresionado.

—En realidad, lo que correspondería es soltar el barco mar adentro y lanzar flechas en llamas para prenderle fuego —aclaró Joel esbozando una sonrisa—. ¡Molestando hasta después de muerto!

Era evidente que la tetería donde todo había empezado acababa de convertirse en un espacio de catarsis emocional: los cinco teníamos la mirada vuelta hacia dentro y, al conectar con la de los otros, las lágrimas y las risas se mezclaban.

—Bueno, ¿y qué hay que hacer entonces? —dijo Míriam, apurada.

—Es imposible llevarlo a cabo —concluyó Alice.

—Si algo he aprendido estos últimos años es que no hay nada imposible —dije con serenidad—. Si Salva quiere pasar al otro mundo como un vikingo, así será.

20

Dos años después

El refugio de Litochoro era muy distinto en otoño. Hacía frío ese año en Grecia; aun así, disfrutaba del paisaje mientras degustaba una infusión caliente junto a Míriam.

—¿Cómo lo ves? —me estaba preguntando.

—Lo de las flechas lo veo difícil, pero creo que podemos saltarnos esa parte, aunque Joel se emperre.

—Vale, genial. Si nos pillan, pagaremos la multa y listo. Todo irá bien, no te preocupes. Por cierto, con todo esto del funeral no os he dicho nada, pero estamos nominados al mejor documental en un festival, y parece que tenemos posibilidades.

—¡Qué buena noticia! ¡Ojalá Salvador pudiera verlo! Creo que jamás habría imaginado que de lo que grabamos pudiera salir algo vendible. ¿Cuándo se lo dirás a los demás?

Hacía un año que, con el apoyo del equipo, habíamos recuperado las imágenes que se grabaron en nuestra aventura para montar un documental. Nada que ver con la idea que Salvador nos había intentado colar.

Con un montador de primera bajo mi dirección, creamos un documental sobre crecimiento personal.

—Ahora mismo iba a hacerlo —concluyó Míriam al tiempo que daba media vuelta en dirección al refugio—. ¿Vienes?

—Conseguí que un pescador me vendiera una barca chiquita —anunció Joel—. Está hecha pedazos, pero creo que flotará hasta que termine de arder.

Estábamos reunidos delante de la playa donde Salvador quería que lo despidiéramos según el antiguo rito vikingo. Teníamos todo lo necesario. Habíamos prescindido de las flechas, y la idea era prenderle fuego a la barca y empujarla mar adentro.

—¿Alguien quiere decir unas palabras? —dijo Míriam.

El silencio llenaba la playa. No era un silencio triste, sino sereno y agradable. Allí cerca, unos viejos pescadores del pueblo observaban la escena con inquietud.

—No sé yo... —murmuró Alice—. Las probabilidades de que esto salga bien a la primera y no nos metamos en un lío son casi inexistentes.

—Es posible —contesté—, pero si algo aprendí de Salvador en ese viaje es que hay poderes mucho más grandes operando en el mundo que la razón y el sentido común. Así que propongo que lo hagamos ya. Nuestro amigo no pidió un gran discurso, solo una puesta en escena.

Sin más, Joel prendió una antorcha mojada en gasolina con un mechero. Los demás empujamos al unísono la barca hasta que empezó a flotar.

El agua, muy fría, nos cubría hasta la cintura. Joel dejó caer la antorcha en la barca y nos retiramos hacia la costa cuando esta empezó a arder.

No tardamos ni cinco minutos en oír las sirenas a lo lejos. Era lógico que los pescadores o la gente del pueblo llamase a la policía al ver la gran fogata que ardía en medio del mar.

—Yo no me quedaría aquí a ver el desenlace —dijo Hui.

Nos miramos unos a otros y, sin pensarlo dos veces, echamos a correr. Atravesamos la pequeña playa de dunas y enfilamos el camino que subía a lo alto de un monte cercano.

Hui, Míriam, Alice, Joel y yo nos agazapamos e intentamos recuperar el aliento. Vimos que los coches de la policía llegaban al límite de la arena. La autoridad interrogó a los pescadores, que explicaron como pudieron lo que habían visto.

A lo lejos, Salva y su barca vikinga, de camino al Valhala, ardían sin cesar y se hundían lentamente en el mar.

De pronto, una gaviota se posó ante nosotros. Era un ejemplar grande, de un blanco fulgurante, como si lo rodeara un aura de luz. Desplegaba las alas ostentosamente, empeñada en demostrar que ese monte frente al mar era su feudo. Con su fuerte graznido, anunciaba algo a los recién llegados.

—Es época de cría —explicó Hui—, parece que nos hemos acercado demasiado a su territorio.

La gaviota se acercó a nosotros muy despacio. Fijó sus ojos amarillos en los míos. Dentro de mí resonaron estas palabras: «El secreto de la vida se resume en vivirla sin miedo».

Acto seguido, desplegó sus grandes alas blancas y alzó el vuelo. En ese instante, sentí que haber vivido con ansiedad era parte del camino a la serenidad.

Epílogo

24 de diciembre

REFLEXIONES DE UN EXANSIOSO

   Hoy es un día especial.
   Tengo el discurso preparado, siento que cierro un ciclo. Y es que han pasado muchas cosas desde aquella expedición al Olimpo.
   No solo me sirvió para superar la ansiedad. En aquel viaje encontré a Alice y hemos formado una pareja genial. Estamos compenetrados, conectados a un nivel que jamás hubiera imaginado con nadie.
   También gracias a aquella aventura ahora tengo un trabajo que me llena. Más allá del dinero, he aprendido a valorar lo que realmente necesito, las horas que quiero dedicar a cada faceta de mi vida.
   Y he redescubierto mi parte creativa. Vuelvo a hacer fotos, y todo gracias a

Salva. Bueno, yo también he puesto de mi
parte.

  La vida está llena de sorpresas
maravillosas.

Tras cerrar la libreta, dejo el bolígrafo encima del escritorio. Solo quedan tres páginas para terminarla. El despertador ha sonado hace un rato, a las seis de la mañana, como cada día. Después de escribir mi diario, empiezo mi práctica del cuatro por cinco. Le dedico exactamente el tiempo que mi cerebro necesita para seguir interpretando cada uno de los ejercicios como un hábito.

Preparo café para Alice y para mí. En el balcón de nuestro nuevo piso hay una mesita desde donde veo salir el sol.

—¿Tienes listo el esmoquin? —me pregunta Alice, siempre atenta a los detalles.

Hoy es la gran noche, estamos nominados por el documental *Camino al Olimpo* y nos dirigimos a Madrid.

La ciudad está muy bonita en Navidad. Las luces que decoran la Gran Vía parecen guiarnos hacia el teatro donde se entregan los premios.

Allí nos encontraremos con todo el equipo. Tengo muchas ganas de verlos de nuevo, aunque los nervios solo me dejan pensar en el discurso que tendré que dar delante de tanta gente.

La oscuridad inunda la sala y un foco ilumina a los dos presentadores en el escenario. Presentan a los nominados, entre ellos, nuestro proyecto.

—Y el premio a mejor documental es para... —el presentador hace un pequeño silencio para aumentar el suspense—: ¡*Camino al Olimpo*, de Miqui Santamaría!

Me levanto y mis compañeros me abrazan. Le doy un beso a Alice y un fuerte achuchón a Míriam, que está a mi lado. Me dirijo al escenario con paso firme. No tengo miedo, ya no. Y los nervios son cada vez más imperceptibles.

Los presentadores de la gala me felicitan y me señalan el atril, invitándome a ocuparlo. Hace días que tengo el discurso esbozado en mi cabeza, es solo cuestión de dejarlo salir.

—Muchas gracias a todos, en especial a la academia, por este premio. Tengo que agradecérselo a mucha gente, pero, sobre todo, al protagonista del documental. Voy a ser breve: Salvador nos dejó hace ya unos meses, pero plantó una semilla en nosotros que hoy es ya una frondosa planta. Seguro que seguirá creciendo toda la vida. Con este proyecto hemos intentado compartir esa misma semilla con todos vosotros. El documental no solo habla de cómo vivir con serenidad, sino que trata también de responder uno de los grandes enigmas de la humanidad: ¿Cómo ser feliz?

»He podido comprobar en mis carnes que para ser feliz

hay que tocar fondo, y en mi caso, como en el de muchos otros, la ansiedad me ayudó a ello. Puedo decir sin avergonzarme que me enseñó a ser mejor persona. Y de eso trata el documental, del camino al Olimpo: un sendero que cada cual tiene que recorrer por sí mismo. Ni siquiera es importante llegar a la cima, nosotros, de hecho, no lo hicimos. Lo importante es seguir adelante, disfrutando de cada uno de los pasos por los que te lleva el camino. »Muchas gracias a todos. Deseo de todo corazón que vuestros pasos os lleven siempre un poco más arriba hacia la cumbre de la felicidad.

El público aplaude con emoción. Parece que el discurso ha gustado. Levanto el premio y señalo al equipo, sentado delante. Saltándome todo el protocolo, les pido que suban al escenario.

Abrazado a mis compañeros, cierro los ojos y respiro con profundidad. Ya no hay ansiedad. Lo único que siento es el aire que me hincha el abdomen y luego sale pausadamente. «Esto es vivir —me digo mientras siento la mejilla de Alice pegada a la mía—. Al final, tampoco es tan difícil».

FIN

Escena poscréditos

Carta al lector

Querido lector:

Deseo que la historia de Miqui y sus amigos haya provocado un clic en ti, y que ahora veas el camino para salir de la ansiedad con otros ojos. A menudo dar el primer paso es lo más difícil. Puede que, como a nuestro protagonista, un giro inesperado en tu rutina te haga salir de tu zona de confort. Dicen que a veces el universo conspira. Si nada externo te ayuda, te animo a que des ese paso adelante por ti mismo y descubras que la felicidad se esconde detrás del miedo que ahora te hace sentir así.

Yo mismo di ese paso hace ya años y, al igual que Salva, superé una parálisis física por ansiedad. Con el tiempo dejé atrás pinchazos, ahogos y noches en vela. Y, poco a poco, en mi propio camino al Olimpo y en mi lucha diaria contra mí mismo, conseguí ganarle la partida al miedo.

Te mando mucha fuerza y te deseo el mejor de los caminos. Recuerda que no es cuestión de suerte: el camino lo haces tú al andar.

Aprendizajes hacia la felicidad

¿QUÉ NECESITAS REALMENTE?

La relación de Miqui y Salva nos muestra también la relación que tenemos con nuestras posesiones. Al principio, Miqui es una persona apegada a las cosas materiales: su Audi, su trabajo, su sueldo..., y también al Ego, que su estilo de vida hincha día a día. Una mujer perfecta, un coche espectacular, dos niños preciosos, una posición laboral privilegiada con mucha gente a sus órdenes. Cuando sufrimos ansiedad, nuestro cerebro está interpretando como peligroso un pensamiento que en realidad no lo es. Cuando tenemos este tipo de posesiones, cargamos nuestra mente de preocupaciones relativas a ellas: miedo a perder lo que tenemos, autoexigencia para destacar sobre los demás, temor por lo que piensen los otros. Si lo que quieres es estar menos cargado de ese tipo de preocupaciones debes centrarte en tus necesidades esenciales. Es el camino que sigue Miqui en este ascenso: poco a poco va desprendiéndose de lo que creía importante en su vida y poniéndolo en el lugar que le corresponde.

Para ser feliz se necesita poco, afirma Abraham Maslow. En la década de 1940 expuso la teoría de la «jerarquía de las necesidades humanas»: una vez que el ser humano tiene cubiertas las necesidades básicas fisiológicas (respirar, comer, dormir, sexo) y las que le aportan seguridad (un hogar, dinero para vivir, salud), este puede centrarse en otros niveles de su famosa pirámide, como son la amistad, el respeto, la espiritualidad, la aceptación, la autorrealización, la espontaneidad... Estas son cosas importantes que hay que cuidar. Maslow no habla en ningún caso de cosas materiales, y ese es uno de los grandes errores que cometemos muchos. Buscar la felicidad fuera.

¿CUÁL ES MI PROPÓSITO DE VIDA?

Me han hecho esa pregunta treinta mil veces. Como si otro tuviera la respuesta a una pregunta que solo uno mismo puede responder. Pero sí que filósofos que me han acompañado en mis años de estudio han hablado sobre ello. Aristóteles, en la *Ética a Nicómaco*, dice que nuestro propósito es la felicidad o eudemonía, el «buen ánimo». La felicidad consiste en una vida ordenada y prudente. Los buenos hábitos, una mente sana y una disposición a la virtud son algunos de los pasos que nos conducen a ella.

A lo largo de la aventura que vive Miqui, este principio no lo abandona jamás. Una de las grandes búsquedas inconscientes de nuestro protagonista es encontrar ese propósito de vida y, tras este, la felicidad. En realidad, se da cuenta muy pronto de que la ansiedad que siente es un buen pretexto para ponerse a trabajar en todo eso.

¿Qué puedes hacer tú para encontrar tu propósito? Primero, entender qué es exactamente.

Un propósito de vida es la razón por la que te levantas por la mañana, aquellas motivaciones intrínsecas que dan un sentido de dirección y significado a la propia existencia.

De manera inconsciente, Miqui realiza tres ejercicios que uso en todas mis mentorías con mis clientes más comprometidos y que quiero compartir contigo:

La brújula de Jack Sparrow

Seguro que conoces la famosa saga de películas de la factoría Disney. Pues, como todas las grandes historias, contiene valiosas lecciones para nosotros. Jack es un pirata que vive improvisando y al que todo le sale bien. Pero tiene en su poder una brújula mágica. Esa aguja magnética le indica siempre la dirección donde se encuentra lo que más desea. Es decir, es una brújula que te indica cuál es tu propósito real en la vida.

Este ejercicio se llama así porque la idea es que crees tu brújula mágica.

Coge papel y lápiz y responde las siguientes preguntas:

- ¿Qué te anima a convertirte en la persona que quieres ser?
- ¿Dónde encuentras inspiración?
- Tu propósito vital tiene que conectar de alguna manera con la sociedad. ¿Cómo crees que lo hace el tuyo?
- ¿Cómo te imaginas tu vida de aquí a cinco años?
- ¿Cómo te gustaría que te recordaran?

Miqui trabaja estos puntos cuando habla con Míriam y con Joel, y poco a poco va encontrando las respuestas que le llevarán a ser el Miguel del final de nuestra historia: una persona segura de sí misma, con un propósito de vida claro, con objetivos que conseguir y con una personalidad fuerte y segura.

El mapa del tesoro

Un buen pirata como Jack tiene un mapa que le guía hacia su tesoro. En la literatura de piratas, ese mapa representa la aventura, los pasos que hay que seguir para llegar a tu objetivo, y es una posesión que hay que guardar con mucho amor, porque, como ocurre en todas las novelas y películas, se pierde y pasa de mano en mano con facilidad.

El recorrido de Miqui por el Olimpo es ese mapa metafórico que le ayudará a encontrar al fin su propósito. ¿Creamos tu mapa?

Es el momento de planear el futuro que quieres construir. Haz un mapa mental con tus cinco objetivos a corto, medio y largo plazo. Pueden ser personales o profesionales. Te darás cuenta de que, a medida que vayas avanzando en tus propósitos, cumples antes de lo previsto con esos plazos, y lo que en el momento preveías difícil, con el tiempo te parecerá que ha sido sencillo.

A toda vela

Tiende las velas en la dirección que hayas escogido. Si intentas ir en varias direcciones, no llegarás nunca al objetivo y acabarás agotado. Es importante tener foco y no distraerte. En este viaje, Miqui tiene la oportunidad de estar solo centrado en él y en su aprendizaje. Pero este es un viaje interno que todos podemos hacer. No sabemos cuánto tiempo estaremos en este maravilloso planeta, así que mejor aprovechar y disfrutar del que tenemos.

Vamos con el siguiente ejercicio: traza una línea temporal con un punto de inicio (hoy mismo) y uno final (tu objetivo). Entre ambos puntos, anota todos los pasos que tendrás que dar desde hoy hasta alcanzar tu objetivo.

Podemos hacer juntos cualquiera de estos ejercicios si quieres. Solo tienes que conectarte a byebyeansiedad. com.- Al final del libro te dejo un código QR para que puedas acceder sin problemas. Allí te enseñaré todo lo que Miqui aprende durante su ascenso particular paso a paso.

¿Está todo escrito?

Miqui ha tenido varios guías en su camino hacia la felicidad. Ni Salvador, ni Hui, ni Alice ni ninguno de los demás ha inventado nada nuevo. Estamos en un momento histórico: la vida está cambiando a un ritmo frenético que no se había dado nunca antes. Esto nos lleva a sentir mucho más sufrimiento, estrés y ansiedad. La vida del Miqui de los primeros capítulos es el reflejo de miles de personas que acompaño a diario, y de mi vida misma en un pasado no tan lejano. Por eso el crecimiento personal está cada vez más presente en nuestro día a día. Salen «gurús» de debajo de las piedras, algunos con más gracia y fortuna que otros. Pero lo que está claro es que ninguno de ellos ha inventado nada. Los antiguos griegos, presentes en nuestra aventura a través de sus grandes filósofos, ya se plantearon las preguntas que nos hacemos hoy y les dieron respuestas muy acertadas, aún vigentes en pleno siglo XXI.

Quizá el crecimiento personal y la autoayuda sean solo eso, filosofía para principiantes, pero estoy seguro de que ayudan a muchas personas a plantearse cuestiones importantes y es posible que, a raíz de eso, algunas empiecen a leer a Marco Aurelio, por ejemplo.

En conclusión: ¿dónde encontramos a esos cinco compañeros de viaje que Miqui ha tenido la suerte de tener como guías? Pues en los libros, en la formación, en conferencias... Solo tienes que buscar y encontrarás.

Al inicio de la fábula, con las cartas que le escribe a Miqui para invitarlo a participar en la aventura, Salvador consigue despertarle la curiosidad para que empiece a indagar y a buscar respuestas, cosa que jamás había hecho. Espero con este pequeño cuento despertar la tuya y que te empieces a preguntar aquello que dará sentido a tu vida.

¿Dónde está el verdadero amor?

Hace muchos años ya, me estoy haciendo mayor, estudié Humanidades. Creo que quien más quien menos tendría que estudiar algunas de las asignaturas que se ofrecían en esa modalidad de bachiller.

A mí, estudiar literatura, historia del arte, filosofía, latín y griego me ayudó a ver el mundo de otra manera y, sobre todo, a entender que hace más de 3.000 años ya tenían las mismas dudas sobre la felicidad, la muerte, la amistad o el amor.

Mi profe de filosofía se llamaba Salva, ahora que lo pienso. No creo que tenga nada que ver con el coprotagonista de la novela, pero nunca se sabe, el subconsciente a veces entra en juego.

La cuestión es que este profesor era de esos que estaban a pocos años de la jubilación y le importaba todo un pimiento. ¡Qué edad más bonita esa, cuando les has dado la vuelta a las preocupaciones y ya no te afecta lo que digan ni piensen de ti! Esa edad en la que puedes salir a pasear con pantuflas y las mujeres se tiñen de lila, ¡qué maravilla!

La cuestión es que cuando topas con un maestro así, hay dos posibilidades: que sea de los que duermen a las moscas o que te ofrezca las mejores clases de tu vida. Este era de los segundos.

Un día nos habló del amor según los griegos, aunque no entraba en el temario, y quedó marcado en mí para siempre. Así que hice que Miqui los viviera en esta aventura a través de su relación con los otros personajes. Te cuento.

Según los griegos, el amor es el sentimiento responsable de muchas de nuestras acciones, decisiones y estados de ánimo. Creo que por eso fueron incapaces de confinar esa emoción en una sola palabra y, ni cortos ni perezosos, la dividieron en cuatro: *eros*, *storgé*, *philia* y *agapé*.

Eros representa al amor pasional y erótico. En la mitología griega, Eros es el dios que simboliza el amor romántico, la pasión y la impulsividad. Es el amor que Miqui siente por Alice desde el principio y que, poco a poco, avanzando metro a metro en el camino, va madurando y profundizando.

Storgé es el amor fraternal, amistoso y comprometido. Es un amor que crece con el tiempo y se caracteriza por ser leal e incluso protector. La relación de Salva y Miqui es una muestra de eso. Es la ayuda incondicional que muchas veces parece que no tiene ningún sentido. Es dar por dar y procurar que el otro aprenda y crezca y esté bien y seguro a tu lado.

Philia es el amor que busca el bien común y se expresa a través del respeto, la solidaridad, la cooperación y el compañerismo. Sin duda, desde mi punto de vista, es el amor más bonito que existe y el que más bien hace. La amistad que caracteriza a nuestros cinco protagonistas está bañada de *philia*. Los cinco mensajeros de los que habla Salva en su discurso final pueden estar muy inspirados en este amor que vas encontrando a lo largo de los años y que está directamente relacionado con el momento en que te encuentres, pues, como dice el dicho: «Dios los crea y ellos se juntan». De modo que atraerás y sentirás la *philia* de quienes resuenen con el momento vital en el que te encuentres.

Agapé es el amor más puro e incondicional. Según los griegos, es un amor tierno y amable que no busca su propio placer, sino que lo encuentra al dar amor a los demás. Miqui empieza su aventura muy lejos de este amor, y poco a poco va integrándolo, no solo hacia lo que lo rodea, sino también hacia sí mismo, lo que le permite mostrarlo a los demás, como hace en su discurso en la entrega de premios.

Deseo de corazón que puedas coleccionar estos amores en tu vida. Para mí ha sido una de las claves de una vida en plena serenidad. Y te digo lo de siempre, la felicidad es un estado pasajero, y el amor va con ella de la mano. Pero la serenidad permanece en los mejores y en los peores momentos. Hui nos habla un poco de taoísmo al enseñar a Miqui los principios del qigong. Y allí podemos aprender la importancia del equilibrio: la euforia y la depresión son extremos de una misma emoción, así que entiendo que la serenidad es un punto de equilibrio muy agradable.

¿QUÉ SENTIDO TIENE VIVIR ASÍ?

Dice el maestro Francesc Miralles en su último libro, *20 preguntas existenciales*: «Encontrar un sentido al sufrimiento no significa que la vida en sí tenga sentido, pero está en nuestra mano dárselo con nuestras acciones y nuestro propósito vital».

La aventura de Miqui por el monte Olimpo empieza gracias a una vida a la que él no encuentra sentido, pero a la que se agarra como a un clavo ardiendo. Como en todo viaje del héroe, hay un punto de no retorno que le empuja a tomar la decisión del cambio. El divorcio de su mujer es el punto catártico que lo lleva al cambio.

En mi caso fueron unas parálisis físicas, y en tu caso puede ser cualquier cosa. Como dice J. K Rowling: «Tocar fondo se convirtió en la base sólida sobre la que reconstruí mi vida».

Nos da miedo tocar fondo y luchamos sin descanso para no llegar a ese punto, pero estoy convencido de que hay que tocarlo, aunque solo sea con la puntita del dedo gordo del pie, para iniciar el ascenso hacia la cima.

Al final, ¿tiene algún sentido vivir siempre en ese estado de casi fondo, en ese punto en que no estás bien, no eres feliz, pero tampoco te has ensuciado lo suficiente como para que no haya más remedio que levantarse, limpiarse bien y volver a empezar? Miqui vivía permanentemente en ese estado: un trabajo que «sí pero no», una pareja que «bueno, lo de siempre», sin aventura, sin emoción, ¿seguro? Eso creía él, aunque tras su viaje, ha comprendido que la seguridad no existe. Es algo efímero que se nos escapa.

Si estás en un estado parecido al de Miqui, te invito a que dediques momentos a la reflexión y la meditación y descubras qué te hace feliz de verdad y luches por ello.

¿PARA QUÉ COMPARARSE?

Hace años leí por primera vez al filósofo danés Kierkegaard. Lo recuperé de unos viejos apuntes de filosofía, en una noche de búsqueda de preguntas sin respuesta. Buscaba trabajar la comparación con los demás. Había leído una frase del monje budista Matthieu Ricard en una revista: «La comparación es la asesina de la felicidad». Y esa frase, llegada en el momento oportuno, me impulsó a investigar sobre el tema y me llevó a los brazos del padre del existencialismo.

El pensador del siglo xix decía lo siguiente sobre el tema que nos ocupa: «La preocupación mundana siempre busca llevar al ser humano hacia la intranquilidad mezquina de las comparaciones, alejándolo de la calma altiva de los pensamientos simples».

Miqui aprende mucho sobre este tema, aunque en ningún momento se hable de ello de manera explícita. La comparación constante con Salvador va convirtiéndose poco a poco en una admiración que convierte a su amigo en algo así como una estatua de mármol en un pedestal, imagen que luego va erosionándose para dejar al descubierto la persona real que hay dentro.

Decía Kierkegaard también: «La humildad es la más grande libertad. Mientras tengas que defender un yo imaginario que crees importante, pierdes la paz de tu corazón. Mientras comparas esa sombra con las sombras de otras personas, pierdes toda alegría, porque has empezado a traficar irrealidades, y no hay alegría en cosas que no existen».

La mejor herramienta que he encontrado para alcanzar esa paz de corazón es la meditación, que Miqui aprende en este viaje. En psicología budista y en idioma tibetano se le llama «shiné». Es un tipo de meditación que consiste en centrar la mente en un objeto y dejarla allí, por ejemplo, en la respiración. Es la que practican nuestros protagonistas en los ejercicios del cuatro por cinco.

Compararse con los demás solo lleva sufrimiento a nuestro querido protagonista, que consigue ver la luz cuando va dejando ese pensamiento a un lado y se centra en quién es él y cómo quiere relacionarse con el mundo.

¿QUÉ ES LA FELICIDAD?

Yo no tengo respuesta a esa pregunta, ni creo que nadie la tenga, porque soy de la opinión, cada vez más fundada, de que es una emoción subjetiva. Durante el camino al monte Olimpo, he procurado mostrarte que la felicidad depende de ti. Espero haberlo conseguido. No la encontrarás en objetos que puedas comprar, ni en el Audi TT de Miqui, ni en un trabajo con un buen sueldo ni en una familia perfecta digna de una telecomedia de los años noventa.

Tampoco encontrarás la felicidad en otro país, con otra pareja ni decidiendo mandarlo todo a paseo y emprender ese negocio que siempre habías soñado.

La felicidad es un estado que viene y va, es tuya, está dentro de ti, no la encontrarás fuera. Si aprendes a vivir en plena serenidad, en paz, tranquilo y con amor, la felicidad vendrá a verte todos los días, trabajes en lo que trabajes, vivas donde vivas, estés donde estés.

¿EXISTE EL SUFRIMIENTO?

Joel es un personaje que aparece en la historia para responder a una única pregunta: ¿Cuál es la principal fuente de sufrimiento del ser humano? A través de los cuentos e historietas que le explica a Miqui tiene ocasión de responderla: el miedo es, sin duda, el mayor mal, lo que más nos hace sufrir. La idea de que vamos a padecer nos tortura mucho más que el dolor real que se nos puede presentar. «El dolor es inevitable, el sufrimiento es opcional», dice Buda en el texto budista *Dhammapada*. Y añade: «Todos los estados encuentran su origen en la mente. La mente es su fundamento y son creaciones de la mente. Si uno habla o actúa con un pensamiento impuro, entonces el sufrimiento le sigue de la misma manera que la rueda sigue a la pezuña del buey».

¿QUIERES PRACTICAR COMO MIQUI?

Laura, mi querida editora, me propuso añadir una parte práctica a esta pequeña fábula que tienes entre las manos. Le he dado muchas vueltas a cómo hacerlo, porque, sinceramente, ponerte dibujitos para empezar a practicar el cuatro por cinco solo serviría para engordar el libro. Así que he creado una página web donde te dejo todas las teorías que han ido apareciendo a lo largo del libro. Son ejercicios que hace años que utilizo en mis cursos y mentorías, y tengo más que comprobado que, si los aplicas, notarás resultados en menos de un mes.

Quiero recordarte por última vez que esta vida es para los valientes. Ser feliz, como todo, cuesta un esfuerzo, no es algo que nos venga dado y que merezcamos por el simple hecho de haber nacido.

Deseo que no te des cuenta de esto demasiado tarde,

como Salvador, y que al acabar de leer esta última página tomes la valiente decisión de empezar ya a ser feliz.

Te deseo el mejor de los ascensos.